I0552048

Weihnachtliche Wandler

WEIHNACHTLICHE PARANORMAL ROMANCE

NORDPOL-UNIVERSITÄT

BUCH NULL

MARIE-HELENE LEBEAULT

Erstmals veröffentlicht von Beaches and Trails Publishing 2025

Copyright © 2025 bei Marie-Hélène Lebeault

Alle Rechte vorbehalten.

Kein Teil dieser Veröffentlichung darf ohne schriftliche Genehmigung des Verlags in irgendeiner Form oder mit irgendwelchen Mitteln, elektronisch, mechanisch, durch Fotokopieren, Aufzeichnen, Scannen oder auf andere Weise reproduziert, gespeichert oder übertragen werden. Es ist illegal, dieses Buch zu kopieren, es auf einer Website zu veröffentlichen oder es auf andere Weise ohne Genehmigung zu verbreiten.

Dies ist ein fiktionales Werk.

Erste Auflage

Lektorat von Jessica McKenna

Umschlag von Marie-Hélène Lebeault

Kayla

Weihnachten war früher meine liebste Jahreszeit. Wenn man älter wird, verliert es etwas von seinem Zauber. Es ist schwer, die gespannte Vorfreude der Jugend aufrechtzuerhalten, wenn man seinen Eltern eine Amazon-Wunschliste schickt. Versteht mich nicht falsch, ich liebe Weihnachten; es ist immer noch die schönste Zeit des Jahres. Aber wenn man sechzehn ist und die einzigen Pläne für die Winterferien aus Pflichtlektüre und Arbeit bestehen, nimmt das dem Weihnachtsfest etwas von seinem Glanz und Schimmer.

»Ingrid, kann ich heute eine Stunde früher gehen? Ich muss noch ein paar Geschenke besorgen«, flehte ich meine Chefin an.

Mum und Dad waren so stolz, als ich ihnen erzählte, dass ich einen Job in der *La Patisserie* kurz außerhalb von London bekommen hatte. Wir hatten viel über meinen ersten Job gestritten. Sie dachten, er würde mir Unabhängigkeit geben und mir beibringen, wie die Welt funktioniert. Ich dachte, es wäre nur eine weitere Belastung meiner Zeit, aber sobald ich anfing, liebte ich es.

Die kleine Familienbäckerei hatte insgesamt sechs Angestellte, mich eingeschlossen. Claude, der Bäcker, seine Frau Pauline und ihre

Töchter Marion und Penelope. Letztere war in meinem Alter und machte richtig Spaß bei der Arbeit. Und dann war da noch Ingrid, die polnische Managerin, die sie angestellt hatten, um die Bäckerei zu fördern und zu leiten. Sie führte ein strenges Regiment, aber ich war zuversichtlich, dass sie meiner Bitte zustimmen würde. Es war 16 Uhr am Heiligabend, und der Laden war nicht nur leer von Kunden, sondern auch von Waren zum Verkaufen. Sie hatten uns komplett leergeräumt. Claude und seine Familie bereiteten alles für den nächsten Tag vor, und ich hatte die Tageseinnahmen zusammenge-rechnet und den kleinen Cafébereich aufgeräumt.

Ingrid blickte zu Claude hinüber. Der Franzose lächelte und zwinkerte mir zu. »Klar, geh ruhig, und Frohe Weihnachten«, sagte Ingrid mit einem Lächeln.

Ich sprang vor Freude in die Luft und klatschte aufgeregt in die Hände. »Danke, danke, danke!«, strahlte ich und schlang meine Arme um die Managerin in einer festen Umarmung. Ich konnte spüren, dass es ihr unangenehm war, also trat ich zurück und sagte: »Frohe Weihnachten, Ingrid!«

Ich zog meine Schürze aus und rannte nach hinten, um Claude und seine Familie zu umarmen. »Joyeux Noël!«, rief ich ihnen zu, während ich zum Personalraum ging, um meine Sachen zu holen.

Ich wickelte meinen Mantel fest um mich, zog meine graue Woll-mütze, den passenden Schal und die Handschuhe an. Es mussten draußen -5 Grad sein. Der Winter war dieses Jahr außergewöhnlich bitter; ich konnte mich nicht erinnern, dass es jemals so kalt gewesen war.

Ich warf mir meinen Rucksack über die Schulter und machte mich auf den Weg, bevor Claude mich einholte.

»Attend«, sagte er und reichte mir eine kleine weiße Papp-schachtel, die mit brauner Kordel umwickelt war. Ein kleiner weißer Umschlag steckte darin. Er war mit einer goldenen Schneeflocke gestempelt, und mein Name war in goldener Tinte in der schönsten Kalligraphie geschrieben, die ich je gesehen hatte.

»Frohe Weihnachten«, sagte er mit einem starken Akzent. »Ein paar Weihnachtsleckereien für dich und deine Familie und ein Weihnachtsbonus für deine harte Arbeit in den letzten Monaten.«

Ich dankte ihm und öffnete den Umschlag, neugierig zu sehen, was drin war. Da lag ein Hundert-Pfund-Schein drin! »Oh mein Gott, Claude. Das ist zu viel! Ich verspreche, dass ich bei meiner nächsten Schicht früher komme«, sagte ich und unterdrückte kaum die Tränen, die mir in die Augen stiegen. Dieser Mann und seine Familie hatten bereits so viel für mich getan.

»Ne t'inquiète pas, petite«, antwortete er und winkte meine Einwände ab.

Mein Französisch hatte sich in der Patisserie deutlich verbessert, also antwortete ich: »Merci beaucoup, Claude. Joyeux Noël«, während ich ihm eine Kusshand zuwarf und mich auf den Weg zum nächsten Zug nach London machte.

Eine weitere Sache, die etwas von der Weihnachtsmagie nahm, war der Versuch, sich durch die Londoner U-Bahn zu navigieren. London war zu jeder anderen Jahreszeit schon geschäftig genug, aber zu Weihnachten schien es noch chaotischer zu sein. Touristen aus der ganzen Welt kommen hierher, um die Ferienzeit zu verbringen; die hellen Lichter und die große Stadt zogen Menschen wie Motten zum Licht. Ich drängte mich an allen vorbei und ging die Treppen von der U-Bahn hoch zu meinem Lieblingsort zum Einkaufen in London: Oxford Street.

London zur Weihnachtszeit war atemberaubend. Jede Schaufensterfront, jeder Baum war in Licht getaucht. Aber der Ort, der mein Herz wirklich zum Singen brachte, war die Oxford Street. Ich betrachtete die Dekoration. Ein riesiger Weihnachtsengel hing zwischen den Schaufenstern auf beiden Seiten der Straße; seine Flügel waren weit ausgebreitet, als ob er fliegen würde. Es erstaunte mich immer, wie es ihnen gelang, einen Engel aus Lichtern so lebensecht aussehen zu lassen. Die kalte Luft peitschte mir ins Gesicht, aber ich konnte mich nicht bewegen; ich konnte meinen Blick nicht vom

Weihnachtsengel abwenden. Meine Haut war mit Gänsehaut bedeckt, und ich zitterte sowohl vor Entzücken als auch vor Kälte. Das war der wahre Zauber von Weihnachten.

Für einen kurzen Moment schwor ich, dass sich die Flügel des Engels tatsächlich bewegten, und ein seltsames Kribbeln durchfuhr meinen Körper. Es fühlte sich an, als wäre die Luft mit etwas aufgeladen, das ich nicht benennen konnte, aber tief in mir irgendwie erkannte. Ich tat es als Aufregung ab, aber ein Teil von mir fragte sich, ob mehr hinter diesem Gefühl steckte.

Connor

Heute war es endlich so weit. Ich bekam endlich meine Chance. Eine Woche vor Weihnachten reiste ich zum Nordpol, um an den Rentierspielen teilzunehmen: drei Tage Proben, um Charakter, Beweglichkeit, magische Kontrolle und Geist zu testen.

Teil des Teams zu sein, das Santas Schlitten am Heiligabend zieht, war eine wahre Ehre für meine Familie. Und ja, ich spreche vom echten Santa, nicht von irgendeinem falschen Kaufhaus-Aufbau.

Ich verwandelte mich vor zwei Jahren zum ersten Mal in meine Rentiergestalt, als ich fünfzehn war, und seitdem träumte ich davon, Teil von Santas Team zu sein.

Meine Familie hatte seit meinem Urururgroßvater keinen Platz mehr im Team gehabt. Santa hatte sein Vertrauen in die Familie Prancer verloren, nachdem mein Großvater an einem Heiligabend zu spät gekommen war. Er sollte die anderen Rentiere anführen, und er war nicht nur ein bisschen zu spät. Er hatte verschlafen und kam fast drei Stunden zu spät. Santa degradierte ihn auf den dritten Platz und beförderte Jacob Rudolph an die Spitze der Herde.

Jeder kennt die Geschichte von Rudolph, dem berühmten Rentier mit der roten Nase. Generationen lang ritt die Familie Rudolph auf seiner Erfolgswelle, bis Sarah Blitzen die Rentierspiele gewann und die Führung der Herde übernahm.

Jetzt war meine Familie an der Reihe. Leider haben wir einen gewissen Ruf für unser übellauniges Temperament. Als Jacob Rudolph über meinen Großvater, den Gewinner der Rentierspiele, befördert wurde, verlor dieser die Beherrschung und hätte fast Weihnachten ruiniert. Santa ist ein großartiger Kerl, aber es dauerte lange, bis er jemandem aus meiner Familie wieder vertraute.

Meine Eltern hatten gehofft, dass ich an der Nordpol-Universität angenommen werden könnte, wo viele Gestaltwandler in magischen Künsten und Feiertagstraditionen ausgebildet wurden. Es war die prestigeträchtigste Ausbildung, die ein junger Gestaltwandler erhalten konnte, aber ich müsste mich erst beweisen. Bei dem ersten Vollmond nach meinem fünfzehnten Geburtstag verwandelte ich mich. Gleich am nächsten Tag schlug ich die Geschichtsbücher der Rentier-Gestaltwandler auf.

Ich übte bei jedem Vollmond und tat alles, was in meiner Macht stand, um meine Fähigkeiten zu verfeinern. Ich wollte so unbedingt Teil des Teams sein. Ich musste allen zeigen, dass meine Familie Ehre und Integrität besaß. Trotz unserer Jähzornigkeit waren wir gute Menschen und großartige Rentiere.

Rentier-Gestaltwandler aus der ganzen Welt machen sich jeden Dezember auf den Weg zum Nordpol für die Rentierspiele. Gestaltwandler, die in eisigen Gefilden leben, gewinnen tendenziell, weil sie an die frostigen Bedingungen gewöhnt sind. Hunderte nehmen teil, und jedes Jahr werden nur neun ausgewählt. Ich war dieses Jahr einer von ihnen. Nicht nur einer von ihnen, mir wurde sogar die Führungsposition gewährt. Ich war so aufgeregt, dass ich mich fühlte, als hätte ich hundert Zuckerpops gegessen und wäre auf einem permanenten Zuckerhoch. Ich konnte Santas Magie bereits durch meine Adern fließen spüren. Mum sagte sogar, dass ich ein wenig aufrechter ginge; es war wirklich ein Traum, der wahr wurde. Für uns alle Prancers.

Die Tradition war, dass die auserwählten Gestaltwandler am Heiligabend um acht Uhr das Portal ihrer Familie zum Nordpol nahmen. Wir würden mit Santa zu Abend essen und die Pläne für den Abend durchgehen. Wir würden die Route, die Geschwindigkeiten, Kommandos und Sicherheitsmaßnahmen besprechen. Und um Mitternacht, wenn der Mond am höchsten stand, würden wir uns in unsere Rentierformen verwandeln, ausrüsten und fliegen.

Ich wollte Santa zeigen, dass er das richtige Rentier für den Job gewählt hatte. Sein Vertrauen in mich war etwas, das ich schätzte. Ich würde die Fehler der Vergangenheit nicht wiederholen und nahm meine Verantwortung ernst.

Ich brauchte ein Outfit für das Abendessen, das sagte: »Santa, ich werde Sie nicht enttäuschen.« Es musste auch sagen: »Ich bin ein Rockstar«, denn genau so fühlte ich mich.

Normalerweise hasste ich das Einkaufen. Ich ließ meine Schwester das für mich erledigen; sie ist so viel besser darin. Aber heute Abend war es anders; ich brauchte genau das richtige Ensemble für diesen Anlass.

Ich hatte den größten Teil von drei Stunden damit verbracht, von Geschäft zu Geschäft zu gehen, aber nichts schien zu dem zu passen, was ich mir vorstellte. Ich wollte etwas, das mehr auf Weihnachten abgestimmt war, etwas Festliches und Spaßiges.

Das ist hoffnungslos, dachte ich bei mir, nachdem ich ein weiteres Geschäft mit leeren Händen verlassen hatte.

Ich beobachtete, wie alle durch die gut beleuchteten Straßen eilten, während Weihnachtslieder aus den Lautsprechern dröhnten. Es gab mir Gänsehaut, aber die gute Art. Ich genoss es, Leute zu beobachten, zu sehen, wie normale Menschen ihrem Alltag nachgingen, ohne sich all der Magie bewusst zu sein, die sie umgab. Ich habe mich immer gefragt, wie anders die Dinge wären, wenn Menschen ihren Glauben an Magie nicht verlieren würden, wenn sie erwachsen werden.

Es war eines der besten Dinge daran, ein Gestaltwandler zu sein, die Magie in allem um mich herum zu sehen und zu spüren. Ich drehte mich um und ging in Richtung Oxford Street, in der Hoffnung, zu finden, wonach ich suchte.

Ich seufzte, als ich die Weihnachtsdekorationen bewunderte - die Schneeflocken, die blinkenden Santas und sogar die glitzernden Rentiere, die mich zum Lachen brachten. Jedes Geschäft sah aus, als würde es versuchen, das Geschäft davor in Sachen Weihnachtsstimmung zu übertreffen.

Die Luft war elektrisch; es machte mich noch aufgeregter auf Mitternacht. Ich war so im Moment verloren, dass ich nicht darauf achtete, wohin ich ging. Ich lief direkt in ein Mädchen hinein. Sie hatte anscheinend beschlossen, dass die Mitte der Straße der perfekte Ort war, um zu stehen und in die Luft zu starren.

»Entschuldigung«, sagte ich einfach und packte ihre Schultern, damit wir nicht auf den Boden fielen. Sie registrierte kaum, was passiert war, also ging ich weiter. Ich fühlte mich zu Jessie's hingezogen, einem Kaufhaus. Ich konnte die Magie spüren, die mich hineinzog; mein Outfit rief nach mir. Ich konnte es fühlen.

Kayla

»**M**öchten Sie das Geschenk eingepackt haben, Fräulein?«, fragte der Verkäufer, dessen Namensschild Tom lautete.

»Ja, bitte«, antwortete ich mit einem Lächeln.

Ich stand wartend da und atmete erleichtert auf; ich hatte endlich das letzte meiner Weihnachtsgeschenke gekauft, mein Outfit für den Weihnachtstag, und hatte immer noch ein wenig Geld übrig.

»Jingle Bell Rock« spielte über die Lautsprecher des Geschäfts, während ich zusah, wie Tom die braune Lederjacke, die ich für Papa gekauft hatte, faltete und ordentlich in eine große weiße Schachtel legte. Ich staunte, wie elegant er das rote, mit Schneeflocken verzierte Geschenkpapier faltete und es mit einer weiß-silbernen glitzernden Schleife vollendete. Es war beeindruckend.

Ich überprüfte mein Handy und sah, dass ich zwei Nachrichten hatte. Die erste war von meiner Mutter, die mich daran erinnerte, dass das Abendessen um halb neun sei und ich ihr sofort schreiben sollte, sobald ich im Zug nach Hause saß. Die zweite Nachricht war von meiner BFF, Louise. Sie hatte Fotos von dem Kleid und den Schuhen geschickt, die sie für eine Silvesterparty gekauft hatte, und war in Panik, weil sie keine passende Tasche finden konnte. Sie wusste nicht, dass ich die perfekte Tasche für sie als Geschenk hatte.

»Hier bitte, frohe Weihnachten«, sagte Tom und überreichte mir die große Tüte mit all meinen Geschenken.

»Danke, Ihnen auch!«, lächelte ich zurück und ging nach unten. Meine Schultern schmerzten vom Tragen der vielen Taschen. Ich schaute aus den großen Fenstern im zweiten Stock und bemerkte, dass es angefangen hatte zu schneien. Ich hasste die Kälte, dieses Gefühl, wenn man seine Finger nicht bewegen kann, weil die eisigen Temperaturen die Gelenke erstarren lassen.

Ich überprüfte die Zeit und sah, dass ich noch etwa eine Stunde hatte, bevor das Geschäft schloss, und etwa eineinhalb Stunden, bevor ich den letzten Zug nach Kent nehmen musste.

Die Vorstellung, in der kalten Londoner U-Bahn zu warten, erschien mir nicht verlockend, also ging ich zu Jessies berühmtem Café neben der Haushaltswarenabteilung. Als ich mich dem Café näherte, erfüllte der Duft von Lebkuchen, Schokolade und Kaffee die Luft. Er hüllte mich wie eine Decke ein. Ich atmete tief ein und wollte keinen der Düfte verpassen.

Das Café war immer noch voll; fünf Personen standen vor mir in der Schlange, aber das störte mich nicht. Ich brauchte Zeit, um zu entscheiden, was ich wollte. Als ich die Weihnachtsangebote durchsah, sprang mir Minz-Schokoladen-Mokka sofort ins Auge.

»Ja, genau das nehme ich«, sagte ich ziemlich fröhlich und laut und vergaß dabei, dass ich in einem belebten Café stand.

Das Paar vor mir drehte sich um und blickte mich an, als wäre ich verrückt. Ich konnte spüren, wie meine Wangen vor Verlegenheit rot wurden.

»Klingt gut. Was war deine Wahl nochmal?«, fragte eine samtige, freundliche Stimme, die ich nicht kannte. Verwirrt drehte ich mich um und sah den süßesten Typen, den ich je in meinem Leben gesehen hatte. Er sah aus wie aus den Seiten eines Magazins: groß, mit kurzen dunklen Haaren, grünen Augen und einem gemeißelten Kiefer, der George Clooneys Konkurrenz machen könnte.

»Wow«, hauchte ich.

Er lachte, und sein Gesicht leuchtete wie ein Weihnachtsbaum. Er war umwerfend! Mein Magen verknotete sich vor Aufregung, Schmetterlinge flatterten herum und ließen mich unruhig von einem Fuß auf den anderen treten.

»Ich bin in Feierlaune und trinke nicht gerne allein. Darf ich dich auf einen Kaffee einladen?«, fragte er.

Wie romantisch, direkt aus einer Romcom! Wollte ich, dass ein süßer Typ mir einen Kaffee kauft? NA KLAR!

»Das wäre toll«, antwortete ich, obwohl ich eigentlich nicht so eifrig klingen wollte. Er lächelte und fragte: »Was möchtest du trinken?«

Als ich es ihm sagte, lachte er erneut und antwortete: »Ausgezeichnete Wahl. Ich glaube, ich nehme dasselbe.«

Ich konnte nicht glauben, dass ein Typ wie er mit mir sprach. Ich bin nicht jemand, der sich selbst lobt; ich bin hübsch genug. Aber die Art von Mädchen, mit der fremde Männer flirten? Meine Freundin Louise war so ein Mädchen. Ich bin klein für mein Alter, habe kurzes braunes Haar, eine Knopfnase und Augen, die zu groß für mein Gesicht sind. Das gibt mir ein etwas cartoonhaftes Aussehen, das die meisten Menschen als niedlich bezeichnen würden.

Als wir uns gerade an einen der Cafétische setzen wollten, vibrierte sein Handy. Er überprüfte es, und als er aufblickte, schienen Freude und Begeisterung aus seinem Gesicht zu weichen. Was danach erschien, waren Schock, Sorge und Bedauern. Er war so ausdrucksstark.

»Es tut mir so leid, aber ich muss woanders hin«, und bevor ich es wusste, war er weg.

Connor

Ich war gefährlich spät dran. Eine Sache, wenn man eines von Santas Rentieren ist: Die Magie, die am Heiligabend durch dich fließt, ist stärker. Gestaltwandler verwandeln sich normalerweise bei Vollmond. Da es Heiligabend und Vollmond war, pulsierte mein Körper wie eine Discokugel. Ich musste an einem sicheren Ort sein, wenn die Nacht kam, denn ich lernte gerade erst, meine Verwandlung zu kontrollieren.

Ich steuerte direkt auf die Fahrstühle zu, nur um mich einem Außer-Betrieb-Schild gegenüberzusehen. Es verwies die Kunden auf die Aufzüge in der Spielwarenabteilung. Die Spielwarenabteilung zu durchqueren wäre wie ein Hindernislauf gewesen, also entschied ich, dass die Treppe die klügere Wahl wäre.

Wie das Glück es wollte, war die Tür zum Treppenhaus verschlossen und ein ähnliches Schild hing an der Tür. Es würde also doch die Spielwarenabteilung werden müssen.

Ich kämpfte mich durch die Menschenmassen und war froh, kein Schild an den Aufzugtüren zu sehen und, was noch wichtiger war, niemanden, der wartete.

»Endlich«, sagte ich erleichtert, als sich die Doppeltüren mit dem elektronischen Ping öffneten. Ich rannte hinein und drängte mich in die Ecke. Ich schloss die Augen und begann, zum Lied mitzusingen, das im Aufzug lief. Es war »Stille Nacht«, und es beruhigte mich. Während ich sang, entspannte ich mich, und der Drang, mich zu verwandeln, ließ langsam nach. Einatmen, ausatmen.

»Halten Sie bitte die Türen auf«, rief eine Stimme, die seltsam vertraut klang. Meine Augen flogen auf und instinktiv streckte ich die Hand aus, um die Türen am Schließen zu hindern. Warum hatte ich das getan? Ich musste so schnell wie möglich hier raus.

»Vielen Dank«, sagte die Stimme, als das Mädchen aus dem Café hereintrat und sich mit der Vielzahl an Taschen abmühte, die sie trug. Sie warf einen Blick auf mich und murmelte: »Oh, Sie sind es.«

Das fröhliche Mädchen war verschwunden. Die, die vor mir stand, war kalt und wütend. Ich konnte es ihr nicht verübeln. Ich hatte mit ihr geflirtet, ihr einen Kaffee gekauft und war davongerannt, bevor ich überhaupt nach ihrem Namen fragen konnte.

Ihre großen blauen Augen, in der Farbe einer mondlosen Nacht am Nordpol, blickten mich ausdruckslos an. Diese vollen Lippen, die im Licht glänzten, als es sich in ihrem rosa Lipgloss spiegelte, waren zu einem missbilligenden Schmollen verzogen.

Ich lächelte unbeholfen und ließ meinen Blick überall im Aufzug umherschweifen, um Augenkontakt zu vermeiden. Sie stand in der gegenüberliegenden Ecke und wandte sich lieber der Wand zu als dem Idioten, der sie hatte sitzen lassen.

Ich will nicht lügen – das tat ein bisschen weh. Wäre es irgendein anderer Tag gewesen, hätte ich die Chance ergriffen, sie kennenzulernen.

Wir standen schweigend da, als der Lift in Bewegung kam und sich auf den Weg ins Erdgeschoss machte. *Piep* machte der Aufzug, als die Zahlen über der Tür das Stockwerk anzeigten, an dem wir vorbeikamen, dann ein lauter Knall. Der Lift hielt an, die Lichter flackerten mehrmals an und aus, und die Musik hörte auf zu spielen.

Ich drängte mich an dem Mädchen vorbei und drückte den

Öffnungsknopf, aber nichts geschah. In Panik drückte ich alle Knöpfe, aber immer noch geschah nichts.

Die Schwere der Situation wurde mir nur allzu schnell bewusst. Ich schaute auf meine Uhr; es war fast fünf. Die Sonne war untergegangen, und der Mond war draußen. Wenn ich mich nicht kontrollieren könnte, würde ich mich hier drinnen verwandeln, mit ihr.

Ich bin groß in meiner Rentiergestalt, größer als die meisten in meinem Alter, und ich war nach dem Übergang vom Menschen zum Tier nicht besonders freundlich.

In einem so kleinen Raum würde ich sie wahrscheinlich zerquetschen oder sie zumindest zu Tode erschrecken. Es war wie direkt aus einem Horrorfilm.

Ich konnte spüren, wie die Magie in meinen Adern aufbaute – heiße und kalte Pulse schossen durch meinen Körper, während meine Rentiergestalt versuchte, hervorzubrechen. Wenn ich mich hier verwandeln würde, würde ich nicht nur unsere Art einem Menschen offenbaren, sondern ihr möglicherweise auch Schaden zufügen. Professor Blitzens Warnungen aus der Gestaltwandler-Orientierung hallten in meinem Kopf wider: »Kontrolle ist die erste Lektion, die jeder Gestaltwandler beherrschen muss.«

Reiß dich zusammen. Einatmen, ausatmen.

Aber ich konnte einfach nicht Luft holen. Gab es ausreichend Belüftung im Aufzug? Der Raum wurde immer kleiner und kleiner, die Wände rückten näher auf mich zu.

Kayla

O h toll, als ob es nicht schon schlimm genug wäre, in einem
Aufzug festzustecken; jetzt stecke ich auch noch mit dem
verschwindenden Jungen hier fest. Ich ließ meine Taschen
fallen und dachte bei mir.

»Beruhig dich. Du machst mich nervös«, sagte ich etwas schroff
als beabsichtigt. »Wir müssen nur den Notfallknopf drücken«, sagte
ich sanfter und öffnete die Klappe unter den Bedienelementen. Ich
drückte den Notruftaster, und sofort fragte jemand: »Hallo, wie
kann ich Ihnen helfen?«

»Wir stecken fest. Der Aufzug ist zwischen dem ersten und dem
Erdgeschoss stehen geblieben. Können Sie einen Techniker schicken,
der uns herausholt?«, fragte ich.

Wir warteten ein paar Augenblicke, bevor eine körnige Antwort
aus den Lautsprechern drang.

»Leider haben wir, da heute Heiligabend ist, keinen Techniker
vor Ort. Wir müssen einen anrufen, und die aktuelle Wartezeit
beträgt ein paar Stunden. Wir informieren Sie, sobald er eintrifft.«

»Was?«, schrie der Junge aus der hintersten Ecke. Seine Augen schienen unnatürlich zu leuchten. Nicht von zurückgehaltenen Tränen, sondern als wären sie von innen beleuchtet. *Das muss vom Notlicht über uns kommen.* Ich schüttelte den Gedanken ab und schob es auf den Blick, den verrückte Menschen bekommen, wenn sie sich gefangen fühlen.

Ich stieß ein frustriertes Stöhnen aus und versuchte, sein nerviges Auf- und Abgehen in dem ohnehin schon kleinen Raum zu ignorieren. Ich zog mein Handy aus der Tasche. *Ich sollte besser Mama anrufen und ihr Bescheid geben, dass ich mich verspäte,* dachte ich.

»Das kann doch nicht wahr sein!«, stöhnte ich. Es gab kein Netz.

Jetzt war ich an der Reihe, in Panik zu geraten. In meinem Kopf rasten hundert verschiedene Gedanken.

Was soll ich nur tun? Ich kann keine Hilfe rufen, ich kann Mama nicht anrufen, und ich kann diesen Typen auch nicht fragen, denn er braucht selbst alle Hilfe, die er kriegen kann.

Mit verschränkten Armen lehnte ich mich an die Wand und beobachtete, wie er sich hektisch durch die Haare fuhr.

»Alles in Ordnung bei dir?«, fragte ich und begann, mich ernsthaft zu sorgen.

»Nein, nicht wirklich. Ich muss hier raus«, stammelte er.

»Ich glaube, du hast eine Panikattacke. Setz dich hin und leg den Kopf zwischen deine Knie«, sagte ich selbstbewusst.

Ich hatte genug Panikattacken gesehen, um zu wissen, wie beängstigend sie sein können. Er schaute mich verwirrt an. Ich schwöre, ich sah seine Augen wieder schimmern. Vielleicht weinte er.

»Setz dich«, sagte ich bestimmt und zeigte auf den Boden. Langsam sank er auf den Boden und legte seinen Kopf auf seinen Armen ab. Ich hockte mich vor ihn hin.

»Atme tief und langsam. Durch die Nase ein, durch den Mund aus«, sagte ich mit einer so beruhigenden Stimme, wie ich sie hinbekam.

Nach ein paar Minuten war er ruhiger, und seine Atmung normalisierte sich. »Danke«, hauchte er mit geschlossenen Augen. »Das hat wirklich geholfen.«

»Keine Ursache«, sagte ich und ging zurück auf meine Seite des Fahrstuhls. Ich setzte mich im Schneidersitz hin und sammelte meine Einkaufstüten um mich herum, als könnten sie mich irgendwie schützen.

»Es tut mir leid wegen vorhin. Ich wollte nicht unhöflich sein«, fing er an. »Ich habe die Zeit aus den Augen verloren, und ich bin wirklich spät dran für eine Arbeitssache. Und jetzt verliere ich vielleicht den Auftrag ganz«, sagte er und sah mich endlich an. Seine Augen leuchteten nicht, aber die Traurigkeit in ihnen war herzzerreißend.

Ich holte die Schachtel von *La Patisserie* aus meinem Rucksack und öffnete sie. Darin waren Butterkekse in verschiedenen Weihnachtsformen zu sehen. Ich reichte ihm den Keks in Form eines Rentiers.

»Hier, nimm einen Keks. Das muntert dich vielleicht auf!«, sagte ich.

Er schaute auf den Keks und begann zu lachen. Ich konnte nicht anders, als mich ein wenig zu ärgern. *Idiot.*

»Schön, dass du es so lustig findest. Ich wollte nur nett sein«, sagte ich. Bevor ich den Keks zurück in die Schachtel legen konnte, ergriff er sanft meine Hand.

»Ich will den Keks. Tut mir leid, dass ich gelacht habe. Es ist nur so, dass ich Rentiere liebe, und du hast ausgerechnet diese Form aus all den Formen in der Schachtel ausgewählt.«

Er ließ meinen Arm los und drehte seine Hand mit der Handfläche nach oben. Ich legte den Keks hinein. Und als sich unsere Hände berührten, lief mir ein Schauer über den Rücken und ich bekam überall Gänsehaut. Meine Wangen brannten, und als ich wegschauen wollte, erblickte ich diese grünen Augen und war wie hypnotisiert. Er nahm den Keks mit der anderen Hand und steckte ihn sich in den Mund.

»Hi, ich bin Connor«, sagte er. Seine leere Hand wartete auf mich, schwebte in der Luft zwischen uns. »Ich bin Kayla«, sagte ich und legte meine Hand in seine.

Connor

ۿ

Kayla. *Was für ein hübscher Name.*

Sie war ein wunderschönes Mädchen. Sie beruhigte mich, was überraschend war, wenn man bedenkt, dass ich mir viele Sorgen machen musste. Sie lenkte mich ab, was half, die Magie in mir zu kontrollieren. Ich konnte die Verwandlung noch ein bisschen länger bekämpfen.

Wir redeten, was sich wie Stunden anfühlte. Sie erzählte mir von all den Geschenken, die sie gekauft hatte, nahm jede eingepackte Schachtel heraus und beschrieb den Inhalt detailliert. Ich hätte zu Tode gelangweilt sein müssen, aber alles, was Kayla sagte, faszinierte mich.

Ich zeigte ihr den dreiteiligen grünen Tartanzug, das knackig weiße Hemd und die rote Krawatte, die ich für meine ‚Arbeitsveranstaltung' gekauft hatte. Sie hob eine Augenbraue und antwortete: »Das wird deine Augen betonen.«

Es war Smalltalk, aber es fühlte sich wie ein bedeutsamer Moment an. Dann kamen wir auf Schule, Arbeit und Familie zu sprechen. Ich konnte ihr nicht genau meine Lebensgeschichte erzählen. Also sagte ich ihr, dass meine Familie eine Rentier-Ranch betreibt, was teilweise stimmte; wir hatten gewöhnliche Rentiere auf unserem Hof, die wir für Veranstaltungen nutzten, hauptsächlich rund um Weihnachten.

Wir sprachen über unsere Weihnachtspläne. Ich erzählte ihr, dass meine Familie jedes Jahr in den Norden fährt für ein großes Familientreffen. Das kam der Wahrheit ziemlich nahe. Bald darauf kamen wir auf die Magie von Weihnachten zu sprechen. Als sie über die Dekoration in der Oxford Street sprach, wurde mir klar, dass sie das Mädchen von der Straße war. Obwohl sie ein bisschen von ihrer kindlichen Unschuld verloren hatte, konnte ich erkennen, dass sie noch in ihr lauerte, bereit zu glauben.

Wir lachten und scherzten und aßen all ihre Kekse auf. Irgendwann rutschte ich näher, um Bilder ihrer Familie und Freunde auf ihrem Handy anzusehen. Ich zeigte ihr meine, und sie fand es urkomisch, dass ich auch viele Rentierbilder dabei hatte. Ich erwähnte nicht, dass das auch Familienfotos waren.

Ich war so vertieft in Kaylas Gesellschaft, dass ich vergaß, dass ich mich fast direkt vor ihr verwandelt hätte. Irgendwie schien die Zeit stillzustehen, als hätte die Welt um uns herum angehalten, nur damit wir diesen Moment teilen konnten. »Nochmals danke für vorhin. Ich, naja, ich...«, stammelte ich, und sie kicherte. Es ließ meinen Magen Purzelbäume schlagen.

»Ist schon gut«, sagte sie und legte eine Hand auf meinen Oberarm. Unsere Blicke trafen sich. Ihre Augen waren wunderschön. Sie waren groß und gaben ihr ein puppenhaftes Aussehen, das zu niedlich war, um nicht liebenswert zu sein. Wir schauten uns für eine scheinbare Ewigkeit in die Augen. Kein Wort kam über unsere Lippen; wir kommunizierten auf der Ebene der Seele.

Ich lehnte mich vor und hielt inne, versuchte einzuschätzen, ob sie dasselbe wollte wie ich. Als Antwort rückte sie ein wenig näher.

»Kayla, kann ich dich was fragen?«, fragte ich so leise, dass ich überrascht bin, dass sie mich überhaupt gehört hat.

»Klar«, flüsterte sie zurück, ihre Augen verließen meine nicht.

»Darf ich dich küssen?«, fragte ich und bewegte mich näher zu ihr, bereit aufzuhören, falls sie nein sagen würde, aber hoffend, dass sie es nicht tat.

»Mhm«, summte sie, ihre Stimme kaum hörbar, während auch sie näher rückte.

Ich drückte meine Lippen auf ihre und rückte noch näher, sodass ich ihr Gesicht in meine Hände nehmen konnte. Es war magisch. Elektrisch. Perfekt.

Kayla

Meine Haut kribbelte bei seiner Berührung, und die Schmetterlinge in meinem Bauch fühlten sich an, als würden sie Flamenco tanzen. Ich wollte, dass dieser Moment nie endet.

Genau in diesem Augenblick ruckte der Aufzug wieder zum Leben, und der Zauber war gebrochen.

Wir sprangen beide erschrocken auf. Die Lichter flackerten an, die Musik begann wieder zu spielen, und ehe wir uns versahen, öffneten sich die Türen zur Lobby weit und gaben den Blick auf das noch immer mit Kunden gefüllte Kaufhaus frei. Ich warf einen Blick auf meine Uhr; wir waren nur fünfundvierzig Minuten dort drin gewesen.

Ich drehte mich zu ihm und grinste, kurz davor, ihn zu fragen, ob wir uns nach Weihnachten für ein Date treffen könnten. Aber er verschwand wieder einmal blitzschnell. In einem Moment streichelt er mein Gesicht, und im nächsten stürmt er aus dem Aufzug und ruft: »Es tut mir leid. Ich muss wirklich gehen.«

Ich stand einfach nur da und sah zu, wie er in der Menge verschwand.

»Was zum Schneeweihnachten war das denn?«, sagte ich laut genug, dass Passanten zu mir herüberschauten, bevor sich die Türen erneut schlossen. Ich drückte schnell den Knopf und verließ den Aufzug. Der Techniker wartete, um zu sehen, ob es uns gut ging. Ich sagte ihm, dass es mir gut gehe und dass der andere Typ gehen musste.

Der Filialleiter entschuldigte sich überschwänglich und fragte, ob sie irgendetwas für mich tun könnten. Da ich den letzten Zug verpasst hatte, fragte ich mich, ob sie mich in einem Taxi nach Hause schicken könnten. Er rief ein Taxi, und ich verließ das Kaufhaus mit einem riesigen Weihnachtskorb. Also kein totaler Verlust.

Auf der Fahrt nach Hause schweiften meine Gedanken immer wieder zu dem Kuss zurück. Ich war schon früher geküsst worden, aber nie so. Nie hatte ich diese Verbindung erlebt, bei der die Zeit stillzustehen schien, wie ich sie mit Connor gefühlt hatte. Ich konnte nicht anders, als enttäuscht zu sein, dass ich ihn nie wiedersehen würde.

»Hattest du Spaß beim Einkaufen, Liebes?«, fragte Mama, als ich zur Tür hereinkam. Trotz der Tortur im Aufzug war ich ungefähr zur gleichen Zeit zu Hause, als hätte ich den Zug genommen, also erwähnte ich es nicht. Sie würde sich nur Sorgen machen. Hauptsächlich erzählte ich es ihr nicht, weil ich befürchtete, weinen zu müssen, wenn ich von Connor erzählen müsste.

Ich verdrängte den Gedanken und konzentrierte mich auf das Hier und Jetzt: Weihnachten mit meiner Familie. Ich aß, tanzte und sang mit Mama, Papa und meinem kleinen Bruder Andy. Ich half Andy, einen Teller mit Milch und Keksen für den Weihnachtsmann bereitzustellen, bevor er ins Bett ging.

»Vergiss die Karotten für die Rentiere nicht«, bestand Andy darauf.

Nachdem ich Andy ins Bett gebracht hatte, kroch ich in mein eigenes und schlief ein.

Connor

Ich rannte den ganzen Weg nach Hause, klammerte mich an meine Einkaufstüte und wiederholte Kaylas Namen immer und immer wieder wie ein Mantra. Ich muss wie ein verrückter Teenager ausgesehen haben, aber es hatte den Vorteil, dass mir die Leute in der Oxford Street aus dem Weg gingen. Die Erinnerung an unseren Kuss war es, die mich in menschlicher Gestalt hielt.

Als ich zu Hause ankam, waren alle besorgt. Ich sackte gegen die Tür, als wäre ich von Banditen gejagt worden. Ich war in Sicherheit. Das Haus war mit einem Zauber belegt, der uns davon abhielt, uns drinnen zu verwandeln – das wurde sonst ziemlich chaotisch.

»Wir haben dich schon vor Stunden zurückerwartet!«, sagte Mama. Sie warf einen Blick auf meinen wilden Gesichtsausdruck und hinterfragte nicht weiter, als ich nur sagte: »Lange Geschichte.«

Für eine Dusche war keine Zeit, also machte ich mich schnell frisch und zog meinen neuen Anzug an.

»Wie sehe ich aus?«, fragte ich, als ich ins Wohnzimmer zurückkam.

»Du siehst großartig aus, mein Sohn«, sagte Papa, ein wenig gerührt, während er meine Krawatte überprüfte.

»Bitte trag das niemals hier in London«, sagte meine Schwester mit einem Blick auf den Tartan-Anzug. Ich lächelte über die gutmütige Stichelei.

Wir hatten ein leichtes Weihnachtsessen als Familie, bevor ich zum Nordpol aufbrechen musste. Ich gab meiner Familie die jugendfrei Version meines Abenteuers im Kaufhaus. Alle teilten ihre eigenen Geschichten von knappen Entkommen.

Als es Zeit war zu gehen, stand ich vor dem Portal, alias dem Kamin, und wünschte meiner Familie ein frohes Weihnachtsfest. Ich würde nach der Auslieferung bei Santa übernachten und nach dem Nachbesprechungsbrunch nach Hause kommen.

Das Abendessen mit Santa und den anderen war unglaublich. Nicht nur war das Essen köstlich, es schien auch nie zu enden. Es war wie die Festessen in Harry Potter. Ich stellte fest, dass ich einen bodenlosen Appetit hatte. Santa erklärte, dass wir zwölf Stunden am Stück arbeiten würden und dass wir unsere Kraft brauchen würden. Obwohl er einen stetigen Strom von Keksen und Milch bekommen würde, würden wir nur eine Handvoll Karotten zum Teilen bekommen.

Als es endlich losging, dachte ich, ich würde vor Aufregung sterben. Ich stand groß und stolz an der Spitze der Gruppe, mit dem goldenen Wappen meiner Familie um den Hals.

»Lasst uns den Kindern der Welt das beste Weihnachten aller Zeiten schenken. Vorwärts Prancer; führe den Weg an«, dröhnte Santa.

Als Santa die Zügel schüttelte, stieg ein funkelnder goldener Nebel auf und kräuselte sich unter dem Schlitten. Alle Rentiere grunzten vor Freude, und ich wusste, das war mein Einsatz. Ich stürmte vorwärts, erklomm eine unsichtbare Treppe und nahm Fahrt auf. Bald rasten wir durch den Himmel. Die Prancers waren zurück, und wir waren gekommen, um zu bleiben.

Kayla

»Kayla, Kayla, komm schnell, lass uns Geschenke auspacken«, schrie Andy, als er in mein Zimmer rannte und mit kindlicher Freude auf mein Bett sprang.

Ich gab ihm eine feste Umarmung und folgte ihm nach unten. Der Baum war wie immer prächtig, duftend und üppig.

Mum war stolz darauf, den Baum zu schmücken. Dieses Jahr war ihr Farbschema Silber und Blau. Christbaumkugeln, Schneeflocken und Bänder schmückten den Baum auf elegante Weise. Ein großer, silberner Glasstern thronte stolz an der Spitze.

»Komm schon, Kayla, pack mit mir Geschenke aus«, zwitscherte mein Bruder und tanzte um den Baum herum, während er nach Geschenken mit seinem Namen suchte. Er warf Papa ein Geschenk zu, der es fast nicht rechtzeitig fing. Er kam gerade aus der Küche und versuchte, seinen Kaffee nicht zu verschütten.

»Warte mal, Kumpel«, sagte Papa, stellte seinen festlichen Becher auf einen Beistelltisch und umarmte jeden von uns.

Mum tat dasselbe und setzte sich neben mich auf die Couch.

Andy lief zu mir und sagte: »Schau, dieses ist für dich«, strahlte er und überreichte mir eine kleine rote Schachtel, die mit einem grünen Karoband umwickelt war. Ich zog am Band und öffnete die Schachtel. Als ich sah, was darin war, bekam ich eine Gänsehaut am ganzen Körper.

Darin lag ein rentierförmiger Keks mit einem goldenen Band um den Hals und einer kleinen Karte.

Frohe Weihnachten, Kayla.
Ruf mich morgen an.
Connor xo
0203 978 5555

Kayla

Trotz der Kälte des verschneiten zweiten Weihnachtsfeiertags saß ich auf der Schaukel, die Papa für Andy in unserem Garten gebaut hatte. Zu meiner Überraschung war mir nicht kalt; Adrenalin pumpte durch meine Adern, während ich auf die Karte starrte, die ich unter dem Weihnachtsbaum gefunden hatte.

Wie ist sie unter den Baum gekommen? Sollte ich anrufen? fragte ich mich, während ich vor und zurück schaukelte.

Ein Teil von mir befürchtete, dass es ein gemeiner Streich sein könnte, aber ich hatte niemandem von Connor erzählt. Jeder normale Mensch wäre verängstigt, und wenn ich Louise davon erzählen würde, könnte ich ihre Reaktion garantieren: »Stalker!« Wenn ich mich entscheiden würde, Connor anzurufen, wollte ich uns geheim halten, bis ich wusste, dass er bleiben würde, denn seien wir ehrlich, er hat eine Vorgeschichte, schnell zu verschwinden.

Das grüne Karomuster der Verpackung erinnerte mich an den Anzug, den er mir im Aufzug gezeigt hatte. Ich fragte mich, wie er darin aussah. Würde das Grün seine Augen betonen, wie ich es mir vorgestellt hatte? Diese Augen. Sie hatten geblitzt und geleuchtet, als wir zusammen

33

im Aufzug eingesperrt waren. Ich dachte über unser Gespräch nach; er war über vieles in seinem Leben vage geblieben, und ich hatte die Seltsamkeit seiner leuchtenden, wunderbaren Augen einfach übergangen. Hatte er ein Geheimnis? Wollte ich es herausfinden?

Eine leichte Brise strich über mich hinweg, ließ meine Haut in der Kälte kribbeln, und ich schwöre, die Schrift in meiner Hand leuchtete ein bisschen heller. Ich konnte Connors Kuss immer noch auf meinen Lippen spüren. Ein Teil von mir wollte ihn wiedersehen und mehr erfahren. Ich nahm mein Handy heraus und begann zu wählen.

»Kayla? Was machst du hier draußen? Es ist eiskalt; komm rein, bevor du dir eine Erkältung holst. Tante Sandra und der Rest der Familie sind auf dem Weg zur Feier am zweiten Weihnachtsfeiertag. Du solltest dich fertig machen«, rief Mama fröhlich. Sie war immer noch ganz im Weihnachtsfieber.

Es war ihre liebste Jahreszeit, und sie liebte es, Veranstaltungen zu planen, bei denen die ganze Familie zusammenkommen konnte. Wenn Tante Sandra unterwegs war, war auch meine Lieblingscousine Crystal auf dem Weg hierher. Sie war älter als ich; sie würde wissen, was ich wegen Connor tun sollte.

»Komme schon, Mama!« Ich lächelte, stopfte die Karte zusammen mit meinem Handy zurück in meine Tasche und rannte ins Haus.

»Sandra! Mädels! Schön, dass ihr kommen konntet«, jubelte Mama und umarmte alle eifrig an der Tür.

»Und deine berühmte Party am zweiten Weihnachtsfeiertag verpassen? Niemals!« Tante Sandra lächelte, drückte Mama fest und überreichte ihr eine Flasche Rotwein – wie jedes Jahr.

Es dauerte nicht lange, bis Verwandte von beiden Seiten meiner Familie auftauchten, und das Haus war voller Leben. Musik erfüllte jeden Raum, und Lachen und Jubel erfüllten die Luft. Meine jüngeren Cousins spielten in Andys Zimmer mit all seinen neuen Spielsachen. Papa war 'fröhlich' und hatte angefangen, Karaoke in Mamas Haarbürste mitten im Wohnzimmer zu singen.

In solchen Momenten wurde mir bewusst, wie glücklich ich mich schätzen konnte, eine so große und enge Familie zu haben. Etwa zwei Stunden nach Beginn der Party kam meine Cousine Crystal an. Sie fuhr mit ihrem neuen roten Sportwagen vor und schritt wie ein Superstar ins Haus. Sie war immer so glamourös und einer meiner Lieblingsmenschen.

»Hey, sorry, dass ich zu spät bin. Ich steckte in einem Arbeitstreffen fest. Aber jetzt kann die Party offiziell beginnen, da ich hier bin«, verkündete Crystal, während sie jeden von uns mit Luftküsschen begrüßte.

»Arbeit am zweiten Weihnachtsfeiertag?« stöhnte Onkel Brian und schloss Crystal in eine Umarmung. Sie überprüfte sofort, ob ihr Outfit noch gut gebügelt war, während sie ein strahlendes Lächeln auf ihrem wunderschönen Gesicht behielt.

»Die Freuden des Anwaltsberufs, Onkel B. Die Arbeit hört nicht einfach auf, nur weil Feiertage sind.«

Nachdem sie alle begrüßt und sich ein Glas von Mamas berühmtem Punsch für den zweiten Weihnachtsfeiertag eingeschenkt hatte, nahm ich ihre Hand und zog sie von der Menge weg zu einem relativ ruhigen Teil des Hauses.

»Hey, Cousine. Ich nehme an, du hast heißen Klatsch für mich?« Crystal lachte, streifte ihre roten Stilettos ab und kuschelte sich mit mir in die Fensterbank im hinteren Zimmer.

»Ich brauche deinen Rat«, platzte es aus mir heraus, mir bewusst, dass ich all die Höflichkeiten, die wir hätten austauschen können, übergangen hatte.

»Oooh, geht es um einen Jungen? Schieß los! Erzähl mir alles; wie kann ich helfen?« fragte sie aufgeregt.

Ich erzählte ihr alles über Heiligabend. Wie Connor mir einen Kaffee gekauft hatte... und dann verschwand; wie wir im Aufzug eingesperrt waren und einen besonderen Moment erlebten. Wie wir uns verbunden gefühlt hatten und er mir all diese Gefühle gegeben hat. Wie wir uns küssten und er verschwand.

Crystal hörte aufmerksam zu. Ich erzählte ihr, wie er Angst hatte, etwas auf der Arbeit zu verpassen. Als Workaholic verstand sie das. Ich erzählte ihr, wie seine Augen auf eine Weise geleuchtet hatten, die ich nicht erklären konnte.

»Dann fand Andy am Weihnachtsmorgen das hier unter dem Baum.« Ich reichte ihr die Karte und zeigte ihr das Bild des Rentier-Kekses auf meinem Handy.

»Süß, es passt zu dem Anzug, den er gekauft hat«, grinste sie.

»Crystal!« beharrte ich.

»Tut mir leid«, lachte sie. »Was macht er nochmal beruflich?«

»Er hat es nicht gesagt, aber ich vermute, es hat mit Feiertagen zu tun.«

»Okay, lass uns das objektiv betrachten. Es war Heiligabend; er hatte es eilig wegen einer Arbeitsveranstaltung, die er nicht verpassen konnte. Seine Familie arbeitet mit Rentieren, und seine Nummer taucht in einer Schachtel unter eurem Baum am Weihnachtsmorgen auf. Hmm! Vielleicht ist er einer von Santas Elfen!«

Ich schaute Crystal verärgert an; ich mochte es nicht, dass sie sich über mich lustig machte.

»Hör mal, magst du den Typen?« fragte sie und nahm einen Schluck von ihrem Punsch.

Ich nickte, etwas zu energisch für das, was als cool galt. Aber das war Crystal; sie würde nicht urteilen.

»Dann ruf ihn an. Was ist das Schlimmste, das passieren kann?« Sie zwinkerte mir zu, als sie ging, um ihren Freund auf der Party zu begrüßen.

Ich saß am Fenster und beobachtete, wie er aus seinem Auto stieg. Crystal rannte nach draußen, schlang ihre Arme um ihn und führte ihn hinein. Weihnachtself? Ich bezweifelte es. Aber ich konnte das Gefühl nicht abschütteln, dass irgendwie, obwohl ich es nicht erklären konnte, Weihnachtszauber im Spiel war. Ich nahm mein Handy und starrte auf die Karte, immer noch unschlüssig, ob ich anrufen sollte.

Connor

ie Weihnachtsnacht war ein riesiger Erfolg. Wir stellten
einen Rekord auf und brachen den Bestrekord für die
Weltumrundung, der seit fast hundert Jahren von der
Familie Blitzen gehalten wurde. Ich habe meine Aufgabe, den
Schlitten zu führen, so gut gemacht, dass der Weihnachtsmann mir
einen Wunsch erfüllte. Ich erzählte ihm die Geschichte von Kayla
und wie ich sie verlassen hatte, ohne ihr meine Nummer zu geben.
Mit einem »Ho-Ho-Ho« wedelte er mit seiner Hand und über-
reichte mir eine Schachtel, die zu meinem Anzug passte, mit einem
Rentier-Keks und einer leeren Karte.

»Schreib ihr eine Nachricht, und ich werde sie überbringen«,
strahlte der Weihnachtsmann.

»Danke, Weihnachtsmann«, grinste ich zurück.

»Du hast es dir heute Nacht verdient, Connor. Du hast den
Namen deiner Familie wiederhergestellt. Du solltest stolz sein.«

Das vom Weihnachtsmann selbst zu hören – zu sagen, dass ich
stolz war, wäre eine Untertreibung. Ich konnte es kaum erwarten,
nach Hause zu kommen und meinen Eltern davon zu erzählen.

Als wir uns dem Nordpol wieder näherten, bestaunte ich den

Anblick unter uns. Die meisten Menschen stellten sich eine einfache Werkstatt vor, aber die Realität war viel beeindruckender. Von oben konnte ich die goldenen Lichter des Dorfes sehen, die sich in alle Richtungen erstreckten, mit Gebäuden verschiedener Größen, die zwischen mächtigen Nadelbäumen eingebettet waren. In der Ferne stand die imposante Silhouette eines großen Bauwerks, das ich als die Haupthalle der Nordpol-Universität erkannte, wo viele Gestaltwandler und magische Wesen die Künste der Feiertagsmagie und des jahreszeitlichen Gleichgewichts studierten.

»Wunderschön, nicht wahr?«, sagte einer der anderen Rentier-Gestaltwandler neben mir. »Vielleicht wirst du nächstes Jahr die NPU besuchen. Nach deiner heutigen Leistung würde ich sagen, du hast gute Chancen.«

Ich nickte und erlaubte mir zu hoffen. Die Universität verkörperte alles, wovon ich je geträumt hatte – eine Chance, mehr über mein Erbe zu lernen, meine Fähigkeiten zu entwickeln und, vielleicht am wichtigsten, den Ruf meiner Familie weiter wiederherzustellen.

Der Sonnenaufgang war noch ein paar Stunden entfernt. Die Zeit zwischen dem Abschluss der Geschenkeverteilung und dem Sonnenaufgang war die Partyzeit für den Weihnachtsmann, die Rentiere und die Elfen. Unsere Familien würden bei Sonnenaufgang für eine weitere Feier zu uns stoßen.

Als wir in der Werkstatt des Weihnachtsmanns ankamen, packten wir den Schlitten und unser Geschirr weg und machten uns auf den Weg zum Fest. Zurück in meinem Anzug betrat ich den Speisesaal zu donnerndem Applaus. Konfettikanonen knallten und Trompeten töteten. Alle meine Gestaltwandler-Kollegen stellten sich auf, klatschten ihre Glückwünsche und klopften mir auf den Rücken. Es war ein wahr gewordener Traum, und doch fühlte ich mich niedergeschlagen. Etwas fehlte, und ich konnte nicht genau sagen, was es war.

Wir feierten, und die Elfen bildeten ihre Band und spielten bis zum Sonnenaufgang. Ich hatte sogar die Ehre, mit Frau Weihnachtsmann zu tanzen.

»Ich bin so stolz auf dich, mein Sohn. Dein Großvater wäre auch stolz.« Papa lächelte mit Freudentränen in den Augen, als er mich in eine Umarmung zog.

Papa war kein Umarmer, also war das eine ziemlich große Sache. Selbst Mama und meine Schwester waren schockiert. Ich war sogar noch schockierter, als meine Schwester mir ein Kompliment machte.

»Nicht schlecht. Vielleicht sollte ich nächstes Jahr bei den Rentierspielen mitmachen. Weißt du, in die Hufspuren meines kleinen Bruders treten.« Sie zwinkerte, bevor sie mit ihren Freunden davonlief.

»Mein Junge... Ich...«, stotterte Mama, Tränen liefen ihr übers Gesicht.

»Ich liebe dich auch, Mama.« Ich lachte und umarmte sie fest.

Als der zweite Weihnachtsfeiertag fortschritt, drehten sich die Gespräche um die Vorbereitungen für das nächste Jahr und wie die Rentierspiele im nächsten Jahr aussehen würden. Am Nordpol ging es immer ohne Pause weiter. Aber während die Feierlichkeiten weitergingen, ertappte ich mich dabei, wie ich ständig auf mein Handy schaute. Ich fragte mich, ob Kayla meine Nachricht erhalten hatte, ob sie erkannt hatte, dass sie von mir war, und ob sie anrufen würde.

Ich schlich mich zu den Scheunen und entspannte mich in den Heuballen, während ich an Kayla dachte. Ihre Augen, ihr Lächeln und die kleine Reihe von Sommersprossen auf ihrer Nase. Sie war so nett zu mir gewesen, als ich sie im Stich gelassen hatte. Sie war etwas Besonderes.

»Hey, was ist los? Als ich sah, wie du dich von einer Party zu deinen Ehren wegschleichst, wusste ich, dass etwas nicht stimmen musste«, sagte Samantha, die sich mir in der Scheune anschloss und mir ein Glas Pfefferminzpunsch anbot – ein Favorit unter Gestaltwandlern.

»Mir geht's gut. Es war einfach eine lange Nacht. Ich bin müde«, log ich.

»Connor? Komm schon«, drängte sie, während sie mich mit der Schulter anstieß.

»Woher willst du so sicher wissen, dass etwas nicht stimmt?«

»Nenn es große Schwester-Intuition. Jetzt spuck's schon aus«, beharrte sie.

Ich konnte Samantha nie etwas verheimlichen; sie war die beste große Schwester, die sich ein Gestaltwandler wünschen konnte. Ich hatte meiner Familie bereits am Vorabend von Kayla erzählt, kurz bevor ich durch unser Familienportal ging. Ich erklärte, dass ich befürchtete, selbst eine mit etwas Weihnachtszauber gesegnete Nachricht würde nicht ausreichen, und ich hätte die Dinge mit ihr ruiniert, bevor sie überhaupt eine Chance hatten zu beginnen.

»Ich meine, ich kann ihr nicht vorwerfen, dass sie nicht anruft. Ich bin nicht nur einmal, sondern zweimal einfach abgehauen. Und das direkt nachdem wir uns geküsst haben«, sagte ich und zuckte bei der Erinnerung zusammen.

»Moment! Diesen Teil der Geschichte hast du uns gestern Abend vorenthalten«, sagte Samantha und verschluckte sich fast an ihrem Getränk.

»Ja, wir haben uns geküsst. Und es war, als ob es den Zauber gebrochen hätte. Die Aufzugtüren öffneten sich, und ich bin abgehauen. Ich habe sie einfach dort stehen lassen. Der Weihnachtsmann hat mir letzte Nacht einen Wunsch erfüllt...«

»Der Weihnachtsmann hat dir einen Wunsch erfüllt? Was hast du dir gewünscht?«, fragte Samantha aufgeregt.

»Ich habe mir gewünscht, dass Kayla meine Nummer bekommt. Er hat sie auf einer Karte hinterlassen, die um den Hals eines Rentier-

Kekses gewickelt war. Ich fand, das war eine süße Geste«, sagte ich mit einem Lächeln.

»Du großer, sentimentaler, hoffnungsloser Romantiker. Von allen Dingen, die du dir wünschen könntest, wünschst du dir *das*? Weißt du überhaupt, dass der Weihnachtsmann nicht jedem einfach so Wünsche anbietet? Ich kann mich ehrlich gesagt nicht erinnern, wann er das letzte Mal einen Wunsch angeboten hat«, antwortete sie und tippte sich an die Oberlippe.

»Sam, komm schon, es war mein Wunsch. Ich habe seinen Schlitten angeführt, den Namen unserer Familie wiederhergestellt und die Rentierspiele gewonnen. Was könnte ich mir mehr wünschen? Ich habe alles... nur das Mädchen nicht!«

»Guter Punkt. Halt durch, kleiner Bruder. Wenn sie so besonders ist, wie du sagst, wird sie die Magie in dir sehen, die wir jeden Tag sehen.« Samantha tätschelte meinen Kopf und wuschelte durch mein Haar, genauso wie sie es schon getan hatte, seit wir Kinder waren.

Samantha kehrte zur Party zurück und ließ mich mit meinen Gedanken allein, während ich den Sonnenuntergang über dem Nordpol beobachtete. Der Tag wurde zur Nacht, als das letzte orangefarbene Leuchten der Sonne hinter den schneebedeckten Hügeln verschwand und der Mond hell von oben schien. Ich spürte, wie all meine Hoffnungen, jemals von Kayla zu hören, zu verblassen begannen.

Ich setzte ein falsches Lächeln auf und kehrte zur Party zurück. Es wäre nicht gut, wenn das Star-Rentier zu lange abwesend wäre. Ich fühlte mein Handy in meiner Tasche vibrieren. Ich zog es heraus und überprüfte die Nummer; es war eine Nummer, die ich nicht kannte. Die Magie in mir begann zu brodeln.

»Hallo?«, antwortete ich zögernd.

»Connor? Hier ist Kayla. Ich weiß nicht wie, aber ich habe deine Nummer unter meinem Weihnachtsbaum gefunden«, sagte sie. Ich konnte nicht anders als zu lächeln.

»Lass uns das ein bisschen Weihnachtszauber nennen. Ich bin so froh, dass du angerufen hast.«

Kayla

Wir redeten stundenlang darüber, wie unsere Weihnachtstage verlaufen waren, und vereinbarten ein Date für den folgenden Tag. Er brachte mich zum Lachen, als er versprach, diesmal nicht davonzulaufen. Je mehr wir redeten, desto mehr verschwanden alle Nervosität und Vorbehalte bezüglich einer Chance mit Connor im Winterwind. Ich wünschte ihm eine gute Nacht und beendete den Anruf.

Sobald ich aufgelegt hatte, rannte ich durch das Haus, das immer noch voller Familienmitglieder war, auf der Suche nach Crystal. Als ich sie fand, telefonierte sie in der Küche, wahrscheinlich mit einem Klienten. Ich hoffte, eines Tages so glücklich und erfolgreich zu sein wie sie.

»Hey, Cousine, du siehst glücklicher aus als vorhin«, sagte sie, als sie das Gespräch beendete.

»Ich habe ihn angerufen«, erzählte ich ihr, während ich keuchend vor ihr stehen blieb, nachdem ich wie verrückt durchs Haus gerannt war.

»Und...?«

»Wir gehen morgen auf ein Date. Ich bin so nervös«, gab ich zu.

»Nicht überraschend, wenn man bedenkt, wie euer erstes Treffen verlaufen ist. Aber lass mich dir eines sagen: Der erste Eindruck ist manchmal gar nicht so wichtig. Gib dem Jungen eine Chance. Man weiß nie. Vielleicht beginnst du eine magische Romanze.«

Sie legte ihre Hände auf meine Schultern und führte mich in mein Zimmer, um mir bei der Auswahl des perfekten Outfits zu helfen. Unser Date war bei Jessies Café angesetzt. Ich fand es poetisch, unser erstes offizielles Date dort zu haben, wo alles begonnen hatte. Nachdem wir meinen Kleiderschrank durchforstet hatten, schüttelte Crystal den Kopf.

»Nichts davon wird funktionieren.«

»Ich mag meine Kleidung«, erwiderte ich.

»Es ist nichts falsch an deinen Klamotten, aber wir brauchen etwas Besonderes für dieses Date. Ich bin gleich zurück«, sagte sie.

Crystal ging zu ihrem Auto und kam mit einem Koffer zurück. Sie war kürzlich beruflich unterwegs gewesen. Sie nahm einen blauen Skaterrock, ein grau-schwarzes T-Shirt mit Spitzenbesatz und meine Lieblings-Stiefeletten in Schwarz heraus. Sie holte ihren schwarzen Gucci-Gürtel und einige Schmuckstücke hervor und trat zurück, um das Outfit zu betrachten.

»Etwas fehlt noch... Warte! Ich weiß«, sagte sie und leerte den Inhalt ihres Koffers auf meinem Bett aus.

»Hier«, rief sie aus und schwenkte ihre »Glücks«-Lederjacke.

Ich hatte Crystals Modebewusstsein immer bewundert und wusste, wie sehr sie diese Jacke liebte. Es bedeutete mir viel, dass sie mir für mein wichtiges Date vertraute.

I ch stand vor dem Kaufhaus und zog meinen Schal ängstlich enger, um mich vor der Kälte zu schützen. Connor war fünf Minuten zu spät, und ich machte mir Sorgen, dass er sich vielleicht doch gegen das Date entschieden hatte.

Nach weiteren fünf Minuten hatte ich genug. Ich zog mein Handy heraus, um Crystal eine Nachricht zu schicken, dass es ein Reinfall war, als er direkt in mich hineinlief und mich an den Schultern festhielt, um mich zu stabilisieren.

Ich war bereit, ihn anzufauchen, bis ich in seine smaragdgrünen Augen blickte. Sie schienen heller zu sein, als ich sie in Erinnerung hatte, und mich traf dasselbe magische Gefühl, das ich hatte, als ich ihn zum ersten Mal sah.

»Hallo«, hauchte ich.

»Hallo«, sagte er, blinzelte dann und fuhr fort: »Es tut mir so leid, dass ich zu spät bin. Der Verkehr war schrecklich, und ich habe mein Handy... im Büro gelassen.« Er schenkte mir seinen wohl charmantesten, entschuldigenden Blick. Es funktionierte vollkommen.

»Ich dachte schon, du kommst nicht«, gab ich zu.

Er strich mein Haar hinter mein Ohr und sah mir direkt in die Augen: »Ich habe einmal Mist gebaut; ich habe nicht vor, es wieder zu tun. Minzschokoladen-Mokka, richtig? Falls sie noch das Weihnachtsmenü anbieten«, sagte er und bot mir seinen Arm an.

Das Date war großartig; wir teilten denselben Geschmack bei Musik, Filmen und Büchern. Wir beide standen unseren Familien sehr nahe. Ich erzählte ihm von meinen Plänen, aufs College zu gehen und Jura zu studieren wie meine Cousine Crystal, und dass ich eines Tages nach L.A. ziehen wollte.

Connor war viel entspannter als während unseres Gesprächs im Aufzug, aber ich hatte immer noch das Gefühl, dass er zurückhaltend war. Die Art, wie er vor dem Sprechen pausierte, ließ mich vermuten, dass er etwas verbarg. Als würde er ständig seine Worte abwägen und sicherstellen, dass er gerade genug sagte, um mich interessiert zu halten, aber nicht zu viel, dass er etwas verraten könnte. Es war ein wenig befremdlich.

Er stotterte, als ich ihn darauf ansprach, und antwortete: »Du hast Recht. Ich bin es nicht gewohnt, Zeit mit Menschen außerhalb meines Kreises zu verbringen. Das macht mich unbeholfen.«

Es war eine ehrliche Antwort, aber was bedeutete das überhaupt?

Connor saß da und spielte mit seinem Löffel herum. War das ein Warnsignal? Wenn ich es ignorierte, würde mein Bild dann morgen in der Zeitung unter der Schlagzeile »*Vermisste Londonerin tot in einer Gasse nahe der Oxford Street gefunden*« erscheinen?

Hör auf, so dramatisch zu sein, Kayla.

»Es ist in Ordnung. Wir haben alle Zeit der Welt, uns kennenzulernen«, antwortete ich, und ich war froh zu sehen, wie seine Schultern sich entspannten, als er erleichtert seufzte.

»Also, ist es sicher zu sagen, dass ein zweites Date möglich wäre?«, fragte er mit hoffnungsvollem Blick.

»Wenn du deine Karten richtig spielst«, antwortete ich, erstaunt über meine eigene Frechheit.

»Ich bin ein ausgezeichneter Kartenspieler«, erwiderte er mit vor Vergnügen funkelnden Augen.

Mein Herz setzte einen Schlag aus, als sein Lächeln meinem begegnete.

Nachdem wir unsere Getränke ausgetrunken hatten, beschlossen wir, dass es Zeit war zu gehen. Es wurde spät, und mein Haus war immer noch voller Gäste, die ich stören würde, wenn ich in den frühen Morgenstunden nach Hause käme.

Während wir auf mein Uber warteten, einigten wir uns darauf, am nächsten Abend ins Kino zu gehen. Der neue James-Bond-Film war herausgekommen, und wir waren beide gespannt darauf, ihn zu sehen.

Als mein Auto ankam, wünschte ich ihm eine gute Nacht. Er öffnete die Autotür, aber bevor ich einsteigen konnte, nahm er meinen Arm und beugte sich nah zu mir. Richtig nah.

Als ob seine Nähe mich nicht schon in Alarmbereitschaft versetzt hätte, flüsterte er: »Darf ich dich zum Abschied küssen?«

Ich lächelte, mein Herz schlug mir fast die Luft aus der Brust, aber ich schaffte es zu antworten: »Du musst nicht jedes Mal fragen.«

Um meinen Punkt zu verdeutlichen, packte ich die Aufschläge seiner Jacke und zog ihn näher, drückte meine Lippen auf seine. Er schmeckte nach Lebkuchen und Pfefferminz, und für einen Moment fühlte es sich an, als würden wir uns drehen. Dieser Kuss war genauso magisch wie unser erster, nur dass er, als ich die Augen öffnete, immer noch da war. Ich lächelte. Er lächelte. Der Uber-Fahrer bellte: »Steigst du jetzt ein oder was!?«

Wir brachen in Gelächter aus. Connor küsste meine Stirn und bugsierte mich ins Auto. »Bis morgen«, sagte er, als er die Tür schloss.

Ich winkte ihm nach, als das Auto davonfuhr, und konnte das alberne Grinsen, das sich von einem Ohr zum anderen ausbreitete, nicht unterdrücken. Als ich ihn nicht mehr sehen konnte, überprüfte ich mein Handy in der Hoffnung, dass er mir vielleicht eine Nachricht geschickt hatte. Hatte er nicht, aber Crystal hatte geschrieben.

Crystal: Und, wie ist es gelaufen?

Ich hatte keine Geduld zum Schreiben, also rief ich sie stattdessen an. Sie ging beim ersten Klingeln ran.

»Na? Hat meine Glücksjacke funktioniert?«, fragte sie, und ich konnte ihr Lächeln durch das Telefon hören.

»Hat sie«, antwortete ich mit einem Kichern.

»Ich nehme an, es lief gut?«

»Es war... magisch«, sagte ich und lehnte meinen Kopf an das gefrorene Fenster. Die Kälte spürte ich überhaupt nicht.

Connor

~

Während ich vor dem Kino wartete, konnte ich mein Glück kaum fassen. Ich hatte mein Ziel erreicht und ein zweites Date mit diesem wunderschönen Mädchen bekommen. Träume wurden tatsächlich wahr! Je besser ich Kayla kennenlernte, desto schwieriger wurde es, mein Geheimnis zu bewahren. Ich fragte mich, wie lange es dauern würde, bis ich entweder einen Fehler machte, sie verschreckte oder ihr Vertrauen völlig verlor.

»Hi, ich hoffe, du hast nicht lange gewartet«, hörte ich sie sagen, als sie aus einem schicken roten Sportwagen stieg. Sofort sträubten sich mir die Nackenhaare, bis ich eine wunderschöne Frau sah, die mir vom Fahrersitz aus zuwinkte. Ich hob die Hand, während ich meinen Blick zu Kayla wandte.

Sowohl das Auto als auch die Frau waren im Nu vergessen, als ich in die ozeanischen Tiefen von Kaylas Augen blickte. All meine Sorgen darüber, mein Geheimnis zu offenbaren, lösten sich auf. Es würde noch eine Weile sicher bleiben.

Ich überlegte, ob ich sie wieder küssen sollte, war aber ein wenig eingeschüchtert von Kaylas Begleiterin. Also legte ich eine Hand auf ihren unteren Rücken und führte sie ins Kino. Ich kaufte die Tickets und ließ Kayla die Snacks aussuchen. Als sie darauf bestand, dafür zu bezahlen, lächelte ich und bedankte mich. Samantha hatte mich gewarnt, dass es so einen Test geben könnte.

Wir fanden unsere Plätze, und sie schmiegte sich ganz natürlich an mich. Ich musste nicht einmal heimlich meinen Arm um sie legen. Es fühlte sich richtig an, sie dort zu haben.

Ich wünschte, ich könnte behaupten, dass der Film großartig war, aber ich war zu abgelenkt von Kayla. Sie war völlig in den Film vertieft, packte meinen Arm während der Actionszenen, seufzte bei den romantischen Stellen und lachte laut über die Sprüche. Sie war die Show, für die ich jeden Tag bezahlen würde. Sie hat es genossen, und das war alles, was zählte.

»Ich bin so froh, dass wir das gemacht haben«, sagte sie, als wir das Kino verließen.

»Ich auch. Also, ich nehme an, der Film hat dir gefallen?«, fragte ich mit einem Augenzwinkern, aber sie überhörte den Sarkasmus völlig. Sie sprach weiter über ihre Lieblingsszenen des Films, und alles, was ich tun konnte, war zu lächeln und zu nicken, entzückt von ihrer Lebhaftigkeit.

»Was sollen wir bei unserem dritten Date machen?«, fragte ich, in der Hoffnung, dass sie anbeißen würde.

»Meine beste Freundin Louise gibt an Silvester eine Party, wenn du mitkommen willst«, antwortete sie aufgeregt.

Silvester und Neujahr waren am Nordpol immer groß. Es war der Zeitpunkt, an dem der Weihnachtsmann die Auszeichnungen für besondere Leistungen verteilte und jeder seine jährlichen Aufgaben erhielt. Es gab immer ein Festessen, und die Elfen veranstalteten eine Talentshow – sie waren komplette Angeber, aber zu ihrer Verteidigung muss man sagen, dass wir das einzige Publikum waren, vor dem sie auftreten konnten. Ich wollte mit ihr gehen und ihre Freunde kennenlernen, aber ich hatte bereits Pläne.

»Ich würde deine Freunde wirklich gerne kennenlernen«, sagte ich ehrlich.

»Also kommst du mit?«, fragte sie, und ihre Augen leuchteten wie am ersten Frühlingsmorgen.

»Ich wünschte, ich könnte, aber ich habe Pläne mit der Familie. Vielleicht könnten wir nach Neujahr essen gehen, und du könntest Louise mitbringen«, schlug ich vor.

Ihr Gesicht fiel ein, und sie sagte: »Sicher, das können wir machen.«

Sie schaute auf ihre Uhr und sagte, sie sollte ihrer Cousine eine Nachricht schicken, bevor es zu spät wurde.

»Ich warte mit dir, bis sie hier ist«, erwiderte ich.

Sie musste schon unterwegs gewesen sein, denn wir hatten kaum Zeit, einige Restaurantvorschläge auszutauschen, bevor der rote Sportwagen zurück war. Ich öffnete ihr die Autotür, fühlte mich aber zu befangen, um sie vor Publikum zu küssen. Entweder hatte sie das gleiche Gefühl, oder ich hatte es gewaltig vermasselt, denn sie gab mir einen Kuss auf die Wange und forderte mich auf, sie in ein paar Tagen anzurufen.

Kayla

Ich fühlte mich schlecht, wie die Dinge geendet hatten. Klar, ich war enttäuscht, dass Connor an Silvester Pläne hatte, aber ehrlich gesagt, konnte ich wirklich überrascht sein, dass er Pläne hatte? Wer hatte keine?

Nachdem ich mit Crystal über das Date gesprochen und ihr gute Nacht gesagt hatte, lag ich im Bett und überlegte, was ich tun sollte. Wenn ich jetzt nicht auf ihn zugehen würde, könnte er denken, dass ich nicht mehr interessiert wäre.

Ich setzte mich im Bett auf, nahm mein Handy und schickte ihm schnell eine Nachricht.

Ich: Ich hatte einen wunderbaren Abend heute. Ich weiß, du hast morgen Abend Pläne, aber vielleicht könnten wir irgendwann tagsüber spazieren gehen?

Ich wartete, was wie eine Ewigkeit schien. Als es nicht danach aussah, dass er antworten würde, legte ich mein Handy zurück auf den Nachttisch. *Er schläft wahrscheinlich schon.* Ich versuchte, es mir bequem zu machen, wälzte mich aber immer wieder hin und her und dachte, ich hätte alles ruiniert.

Als ich den verräterischen Signalton hörte, stürzte ich mich auf mein Handy.

Connor: Ich bin so froh, dass du geschrieben hast. Hatte auch eine tolle Zeit. Wie wäre es mit dem Richmond Park um elf?

Ich strampelte mit den Beinen in der Luft und quietschte in ein Kissen.

Ich: Ich treffe dich dort. Gute Nacht, Connor.
    Connor: Gute Nacht, Kayla.

Wie ich jemals einschlafen konnte, ist für jeden ein Rätsel. Als ich am nächsten Tag aufwachte, schien die Sonne, und das Leben war gut.

Ich frühstückte mit meiner Familie und nahm einen Zug zum Richmond Park. Als ich ankam, wartete Connor am Fußgängertor bei Petersham auf mich. Ich lief zu ihm und blieb abrupt vor ihm stehen, als mir klar wurde, dass ich viel zu eifrig war. Da Connor grinste wie ein Verrückter, nahm ich an, dass auch er sich freute, mich zu sehen.

Wir standen unbeholfen da, unsicher, wie wir einander begrüßen sollten. Dann übernahm Connor die Führung und umarmte mich.

»Guten Morgen, Kayla«, sagte er, sein warmer Atem nahe meinem Ohr.

»Guten Morgen, Connor«, erwiderte ich, ein wenig atemlos.

Als wir uns voneinander lösten, fragte ich ihn, was in dem Rucksack sei.

»Es dauert etwa drei Stunden, um den gesamten Park zu durchwandern. Ich dachte, wir würden hungrig werden. Und ich habe auch Extrakleidung dabei, falls uns kalt wird«, sagte er.

»Wow, du bist vorbereitet. Ist das der Ort, wo du alle Mädchen zu einer Winterwanderung hinbringst?«, fragte ich und stieß ihn leicht mit der Schulter an.

Er wurde rot, und der Blick völliger Bestürzung, den er trug, sagte mir alles, was ich wissen musste.

»Ich schwöre, ich habe noch nie ein Mädchen hierher gebracht. Außer meine Schwester, aber ich denke nicht, dass du das gemeint hast.«

»Ist schon okay. Ich habe nur Spaß gemacht. Du solltest dein Gesicht sehen!«, neckte ich ihn.

Er deutete auf den Weg, und ich ging neben ihm her.

»Ich komme oft mit meinen Eltern hierher«, sagte er.

»Stimmt. Du hast eine Hirschfarm«, sagte ich.

»Es ist eher ein Hirschschutzgebiet als eine Farm, aber ja. Sie dezimieren die Hirsche im Richmond Park zweimal im Jahr, die Weibchen im November und die Männchen im Februar. Der Park ist dann für die Öffentlichkeit geschlossen.«

Ich hörte auf zu gehen und sah ihn an.

»Dezimieren...du meinst töten? Sie jagen die Hirsche im Richmond Park?«

Er seufzte und fuhr sich mit der Hand übers Gesicht. »Ja und nein. Die Dezimierung ist notwendig, um die Herde gesund zu halten und eine Überpopulation zu vermeiden, die dazu führen könnte, dass Hirsche verhungern. Die dezimierten Hirsche werden an Wildhändler verkauft. Das Geld wird dann verwendet, um die Hirsche und den Park zu erhalten. Wir versuchen, jedes Jahr einige zu kaufen, damit sie ihre Tage in Frieden verbringen können. Ich wünschte, wir könnten sie alle nehmen, aber sie sind als Fleisch mehr wert, also wird es teuer.«

»Ich hatte keine Ahnung. Das ist so traurig. Ich verstehe, warum es wichtig ist, aber ich kann die Vorstellung nicht ertragen, dass Tiere getötet werden. Können sie nicht alle umgesiedelt oder woanders in der Wildnis freigelassen werden?« fragte ich.

»Nein, sie würden nicht überleben.« Connor nahm meine Hand und küsste meine Wange. »Kopf hoch. Ich weiß, es ist traurig, aber es gibt andere wie uns, die die geschossenen Rehe kaufen. Wir retten so viele, wie wir können. Komm, lass uns zu ihnen gehen.«

Wir setzten unseren Weg fort, und Connor fragte mich nach der Schule. Ich war froh über den Themenwechsel.

Kurz nach Mittag fragte Connor, ob ich Hunger hätte. Ich bejahte, und wir fanden eine Bank für unser Picknick.

Connor hatte an alles gedacht. Er legte eine dicke Decke über die Bank, damit wir nicht frieren würden. Er hatte eine Thermoskanne mit heißer Tomatensuppe, würzigen Käse in Würfel geschnitten und kleine Baguettes dabei. Dann holte er eine weitere Thermoskanne hervor, diese gefüllt mit minziger heißer Schokolade. Er bot mir eine Blechdose an, die mit den schönsten Weihnachtsplätzchen gefüllt war, die ich je gesehen hatte. Sie waren sogar hübscher als die, die Claude in der Bäckerei machte.

»Danke für das Picknick, Connor. Alles war köstlich«, sagte ich, als wir alles wieder in seinen Rucksack packten.

Als wir unseren Spaziergang fortsetzten, zitterte ich vor Kälte.

»Hey, alles in Ordnung?« fragte Connor.

»Mir ist kälter als vorher«, sagte ich, zog meinen Mantel zu und zog meinen Hut über die Ohren.

»Das liegt daran, dass wir eine Weile nicht in Bewegung waren. Komm her, ich wärme dich auf«, antwortete er und öffnete seine Arme für eine Umarmung. Ich trat in seine Umarmung und trotz unserer dicken Mäntel wurde mir langsam wärmer.

Connor drückte mich etwas an sich, während er mein Haar

küsste, dann meine Wange. Langsam hinterließ er eine Spur von Küssen, bis er meine Lippen erreichte. Die Welt drehte sich wieder, und es war fantastisch. Wir standen da und küssten uns immer wieder. Mir war nicht mehr kalt. Tatsächlich wurde es richtig heiß, als unsere Zungen sich trafen und umeinander tanzten.

Als der Schnee zu fallen begann, küssten wir uns weiter. Eine Schneeflocke flatterte auf meine Wimpern, und ich öffnete meine Augen, um sie zu entfernen. Da bemerkte ich eine Bewegung hinter Connor. Ich dachte, es könnten andere Besucher sein, also zog ich mich zurück, um Connor wissen zu lassen, dass wir ein Spektakel aus uns machten.

Aber es waren keine anderen Leute, die auf uns zukamen. Es war ein Reh. Und es schlenderte nicht in unsere Richtung; es sah aus, als würde es auf uns zustürmen.

Ich begann, auf Connors Brust zu schlagen und zu rufen: »Reh, Reh, Reh!«

Connor küsste meine Nasenspitze und antwortete: »Sie sind wunderschön, nicht wahr?«

Ich schob seine Schultern, damit er sich umdrehen würde. »Nein, es kommt direkt auf uns zu!« kreischte ich.

Connor schob mich hinter sich und sagte mir, ich solle mich nicht bewegen oder etwas sagen. Ich war verängstigt. Ich wusste, dass er daran gewöhnt war, mit Rehen umzugehen, aber ich war ziemlich sicher, dass man sich nicht einem anstürmenden Reh entgegenstellen sollte. Ich legte eine Hand auf meinen Mund, um nicht zu schreien, während ich Connor beobachtete, wie er ein paar Schritte nach vorne machte und das Reh anknurrte. Das Reh ließ sich nicht beirren und kam weiter auf uns zu.

Plötzlich umgab Connor ein goldener Nebel, und ich hörte ein Grunzen. Was da vor mir stand, war etwas, das ich nie erwartet hätte zu sehen.

Connor

Der Hirsch wollte nicht nachgeben. Ich verwandelte mich und stürmte auf ihn zu, knurrend, um Dominanz zu zeigen. Als er nicht einmal zögerte, griff ich an. Ich hatte noch nie einen gewöhnlichen Hirsch angegriffen und hoffte, dass sie genauso reagierten wie Gestaltwandler. Es war im Grunde ein Spiel wie Chicken. Wer zuerst auswich, hatte verloren. Wenn beide weitermachten, würde es einen Kampf mit Geweihen geben, und ich war mir nicht sicher, ob ich dann als Sieger hervorgehen würde.

Zum Glück kam es nicht dazu. Mein Angriff reichte aus, um den Hirsch zu erschrecken, und er lief zurück zur Herde. Ich drehte mich zu Kayla um. Sie war in Sicherheit. Noch wichtiger, sie war nicht davongerannt, als sie mich sah. Meine Nüstern blähten sich, als ich den Park nach neugierigen Blicken absuchte. Es wäre nicht gut, offen in meiner Rentiergestalt erwischt zu werden. Noch schlimmer wäre es, von einer Kamera aufgenommen zu werden.

Kayla bewegte sich langsam auf mich zu, ihre Hand ausgestreckt, als wäre ich ein fremder Hund. »Shhh, Connor, alles ist gut, es bin nur ich. Sonst ist niemand hier«, beruhigte sie mich. Sie besänftigte mich so wie schon im Aufzug.

Sie streckte die Hand aus, um meinen Kopf zu streicheln. Ich trat besorgt einen Schritt zurück. Als ich in ihre himmelblauen Augen schaute, wusste ich tief im Inneren, dass ich ihr vertrauen konnte. Ich stupste ihre Hand mit meiner Nase an und ließ zu, dass sie meinen Kopf streichelte.

Ich konnte sehen, dass sie Fragen hatte. Sie öffnete mehrmals den Mund, um zu sprechen, aber kein Laut kam heraus. Ich trat zurück und verwandelte mich wieder, ein wenig befangen darüber, dass sie mich dabei beobachtete.

»Ich schätze, du hast ein paar Fragen.«

»Ein paar, ja«, hauchte sie.

Geduldig stand ich vor ihr und hoffte inständig, dass sie nicht verängstigt davonlaufen oder, schlimmer noch, mein Geheimnis dem Rest der Welt offenbaren würde. In gewisser Weise war ich erleichtert, dass die Katze aus dem Sack war – oder besser gesagt, das Rentier aus dem Sack. Ich schätze, sehen heißt glauben, und es war besser für sie, es mit eigenen Augen zu sehen, als dass ich versuchte, es ihr zu erklären.

»Ich weiß nicht, was ihn so aufgebracht hat. Wahrscheinlich war er eifersüchtig, weil ich so ein hübsches Mädchen geküsst habe«, sagte ich, um die Stimmung aufzulockern.

Sie lachte und schlug vor, dass wir zurückkehren sollten. Sie verschränkte ihre behandschuhten Finger mit meinen, und wir gingen zurück zur U-Bahn-Station.

»Keine Sorge, dein Geheimnis ist bei mir sicher. Es ist nur viel, was ich verarbeiten muss, und ich brauche etwas Zeit zum Nachdenken«, sagte sie.

»Ich verstehe das; es ist viel. Und ich vertraue dir«, sagte ich. Ich umarmte sie fest und sie küsste mich auf die Wange, bevor sie ging. Ich hoffte wirklich, dass ich meine Chance bei ihr nicht vermasselt hatte.

Kayla

Ich nahm die längste Dusche der Welt, als ich nach Hause kam. Ich war bis auf die Knochen durchgefroren und musste nachdenken. Ich ließ jeden einzelnen Moment, seit ich Connor kennengelernt hatte, Revue passieren, und plötzlich ergab alles Sinn. Wie seine Augen am Heiligabend leuchteten, seine Angst, im Aufzug eingesperrt zu sein, wie er den Rentier-Keks lustig fand und wie seine Nummer unter meinem Baum landete. Aber ich musste noch mehr wissen.

Ich wusste, dass er heute Abend und morgen beschäftigt sein würde. Wenn ich wartete, würde ich keine Antworten bekommen. Hier gab es auch viel zu tun. Aber ich konnte es einfach nicht aus meinem Kopf bekommen.

Noch in mein Handtuch gewickelt, schrieb ich Connor eine Nachricht.

Ich: Können wir uns treffen? Wir müssen reden.

Er antwortete sofort.

Connor: Natürlich. Sag mir einfach wo und wann. Ich werde da sein.

Wir trafen uns in Jessies Café. Connor war schon da, als ich ankam, sein rechtes Bein wippte nervös unter dem Tisch, während er gedankenverloren eine Serviette zerfetzte. Als er mich sah, hellte sich sein Gesicht auf und er stand auf.

»Kayla, du bist gekommen«, sagte er und umarmte mich.

»Natürlich bin ich gekommen. Es war meine Idee.« Ich lachte und schlug ihm spielerisch auf den Arm. »Sollen wir uns setzen? Wäre es besser, nach draußen zu gehen?«, flüsterte ich.

»Nein, hier ist es gut. Es gibt genug Hintergrundmusik und Geplauder, sodass wir nicht belauscht werden«, antwortete er. »Möchtest du etwas essen oder trinken?«

»Nein, ich bin noch satt von unserem Picknick.«

War das erst ein paar Stunden her?

Connor holte tief Luft und erklärte alles. Meine Haut kribbelte, als ich all das hörte; einiges davon wäre schwer zu glauben. Aber nach dem, was ich im Park gesehen hatte, konnte nichts davon eine Lüge sein. Er erzählte mir von den Rentierspielen, seiner Familienge-schichte und dem "Arbeits"-Termin, der ihn an Heiligabend in Eile versetzte.

»Ich sollte Angst haben. Das ist unglaublich. Aber ich bin... fasziniert. Das ist so...«

»Magisch?«, fragte Connor mit einem schelmischen Blick.

»Ja.« Ich lachte. »Hast du das jemals jemand anderem erzählt?«

»Keiner Menschenseele. Und ich sollte es auch nicht.«

»Warum?«, fragte ich.

»Der Rest der Welt ist nicht so verständnisvoll wie du. Es ist besser für die Welt, dass nur die Unschuldigen die Magie des Weih-nachtsfests wirklich erleben.«

»Ich bin vielleicht nicht volljährig, aber kein Kind mehr«, protestierte ich.

»Nein, aber du bist eine Unschuldige. Unschuldige können zwischen 2 und 102 Jahre alt sein«, erwiderte er.

Ich hatte viele Fragen, und Connor beantwortete sie mehr als gerne. Es stellte sich heraus, dass nur sehr wenige Menschen auf der Welt von der Magie wussten, die sie täglich umgab. Je mehr er mir erzählte, desto mehr spürte ich, wie mein Glaube an Magie und Weihnachten zurückkehrte. Es war, als könnte ich die Magie durch meine Adern fließen spüren; ich konnte ihre Energie fühlen.

»Also ist Magie überall?«, fragte ich.

»Komm, ich zeig es dir«, lächelte Connor und bot mir seine Hand an.

Wir gingen auf die Straße hinaus, und Connor zeigte mir die Magie, die unter unseren Nasen geschah. Ich hatte nie bemerkt, wie viel Magie ich täglich beobachtete, aber nie wirklich sah.

Jetzt, da ich meine kindliche Unschuld wiedererweckt hatte, sah ich sie überall! Ich erkannte Gestaltwandler am Leuchten ihrer Augen; Menschen, die Magie benutzten, waren von leuchtenden Fäden umgeben, die jede ihrer Bewegungen begleiteten. Lichterketten funkelten nicht nur, sondern gaben auch ein leises Klingeln von sich, wenn sie im Wind schwankten.

»Ich fühle mich so dumm«, seufzte ich.

»Warum?«

»Ich habe so viel als selbstverständlich angesehen, nie die Welt um mich herum geschätzt. Die Magie ist real!«

»Der Glaube an Magie verblasst, wenn wir älter werden; das ist nicht dumm. Aber jetzt weißt du es, und du kannst sehen.«

Ich fühlte mich Connor mehr verbunden als je zuvor. Er hatte sein tiefstes Geheimnis mit mir geteilt, mir so wichtige Informationen anvertraut und mir so viel mehr gegeben, als er jemals wissen konnte.

Mein Verstand katalogisierte bereits alles, was ich sah, und fragte sich nach der Geschichte dahinter. »Hat jemals jemand dokumentiert, wie diese magischen Traditionen begannen? Gibt es Bücher über magisches Recht und Geschichte?«, fragte ich, meine akademische Neugier geweckt. »Ich meine, es muss doch irgendwo Aufzeichnungen geben, oder?«

Connor sah überrascht, aber erfreut über meine Fragen aus. »Es gibt eine ganze Bibliothek an der Nordpol-Universität, die der magischen Geschichte gewidmet ist. Einige der Texte reichen Tausende von Jahren zurück.«

»Eine magische Universität?«, hauchte ich, während sich Aufregung in mir aufbaute. »Das klingt faszinierend. Ich würde diese Bücher gerne eines Tages lesen.«

Ich fühlte mich Connor näher als je zuvor. Er hatte sein tiefstes Geheimnis mit mir geteilt, mir so wichtige Informationen anvertraut und mir so viel mehr gegeben, als er je wissen könnte. Glauben. Es ist eine einfache Sache, die wir als selbstverständlich ansehen, aber etwas, das unser Leben wirklich bereichern und verändern kann.

»Und was machst du an Silvester?«, fragte ich.

»Eine große Preisverleihung und Silvesterfeier am Nordpol«, antwortete Connor.

»Glaubst du, du bekommst einen Preis?«, fragte ich und hoffte, dass ich subtil genug war. Ich wollte mitgehen; ich wollte alles mit eigenen Augen sehen. Die authentische, lebendige Magie von Weihnachten erleben.

»Ich bin für einige nominiert, ja«, erwiderte Connor, vor Stolz strahlend.

»Also ist es eine kleine Veranstaltung, nur für Rentier-Gestaltwandler?«, fragte ich.

»Nein, die Elfen und der Weihnachtsmann werden natürlich auch da sein«, antwortete er.

»Natürlich!«

Connor hörte auf zu gehen und zog mich aus dem Weg der Passanten.

»Kayla, kann ich dich etwas fragen?«

»Ja, du darfst mich küssen«, sagte ich, während ich die Lippen spitzte und nachsah, ob er mich unter einen Mistelzweig gezogen hatte.

Connor lächelte und küsste mich sanft. Dieser Kuss war außergewöhnlich; ich konnte buchstäblich Funken spüren, als unsere Lippen sich trafen, und mein Herz begann richtig schnell zu schlagen. Ich verliebte mich in diesen Jungen, diesen... Rentier-Gestaltwandler.

Er zog sich zurück und strich mir eine verirrte Haarsträhne hinters Ohr.

»Kayla, würdest du mich zur Silvester-Preisverleihung begleiten?«

»Ich dachte schon, du würdest nie fragen!«

Kayla

Es blieb kaum Zeit, mich vorzubereiten. Louise würde mich umbringen. Ich kaute auf meiner Wangeninnenseite, während ich darüber nachdachte, wie ich meiner besten Freundin erklären sollte, dass ich sie für einen Typen versetzte. Einen Typen, von dem ich ihr kaum erzählt hatte. Alles passierte so schnell, und mit meiner Cousine Crystal zu Hause hatten Louise und ich nicht so engen Kontakt wie sonst üblich.

Es wäre schön, zu ihr rüberzugehen und alles zu erklären. Aber es war schon nach vier, und Connor würde mich um acht abholen. Ich musste noch mit der Familie zu Abend essen, mich aufbrezeln und, wenn ich die Zeit finden könnte, mich etwas entspannen.

Nicht nur, dass ich mit dem süßesten Jungen überhaupt auf ein weiteres Date ging, es war auch eine Silvesterfeier, die vom Weihnachtsmann am Nordpol veranstaltet wurde. Als wäre das nicht schon nervenaufreibend genug, würde ich auch Connors Eltern, seine Schwester und all seine Rentier-Freunde kennenlernen.

Und ich hatte mich noch beschwert, wie langweilig meine Weihnachtsferien werden würden. Typisch für mich, den kompliziertesten Jungen zum Daten zu finden.

Nein, ich müsste Louise eine Nachricht schicken und mich darauf vorbereiten, um Vergebung zu betteln, wenn ich sie wiedersah. Ich nahm mir eine Minute Zeit, um es so gut wie möglich zu formulieren, und drückte auf Senden. Zum Glück antwortete sie nicht sofort, und ich konnte mich auf das folgende Problem konzentrieren. Mum und Dad.

Es gab keine Möglichkeit, dass sie mich mit Fremden zum Nordpol reisen und übernachten lassen würden. Ich lachte laut über die Absurdität und bekam böse Blicke von meinen Mitreisenden in der U-Bahn. Ich formte eine stumme Entschuldigung mit den Lippen und sah, dass es Zeit war auszusteigen.

Auf dem Heimweg von der Station schrieb ich Crystal eine Nachricht. So musste ich meine Augen nicht dem eisigen Wind aussetzen, obwohl meine Finger nicht verschont blieben.

Ich: S.O.S

Crystal: Was ist los?

Ich: Connor hat mich zu einer schicken Silvesterparty eingeladen. Ich müsste übernachten. Ideen?

Crystal: Wolltest du nicht sowieso auf eine Party und dort übernachten?

Ich: Ja, bei Louise. Aber...

Crystal: Wo bist du?

Ich: Zwei Häuser weiter.

Crystal: Bin in 15 Minuten zu Hause.

Als ich nach Hause kam, waren Mum und Tante Sandra in der Küche und schälten Steckrüben und Karotten für das Abendessen. Ich gab jeder einen schnellen Kuss auf die Wange und machte mich auf den Weg in mein Zimmer. Unterwegs schaute ich bei Andy vorbei; er und die jüngeren Cousins spielten Super Mario Bros auf der Konsole. Ich sagte Hallo und bekam ein gemeinsames »Yo!« zurück.

In meinem Zimmer war es Zeit, noch ein weiteres Problem anzugehen. Louise und ich hatten mörderische Kleider für die heutige Party gekauft. Meins war ein schwarzes Paillettenkleid mit Ballonärmeln. Etwas kurz für mich, aber Louise hatte darauf bestanden, dass das Kleid einfache Linien hatte und vorteilhaft war. Ich hatte es genommen, weil es bequem war und gut mit Sneakern aussah. Dazu eine passende Clutch und voilà. Outfit fertig.

Das Problem war, als ich Connor nach dem Dresscode fragte, sagte er: »Alles außer Schwarz. Rot, Weiß und Grün sind die 'angesagten' Farben.«

»Wirst du deinen grünen Karoanzug tragen?«, fragte ich zurück.

»Nein, das war ein spezielles Outfit für die Dinner-Party des Weihnachtsmanns. Ich werde eine maßgeschneiderte waldgrüne Samtsacko, ein knackig weißes Hemd, eine Fliege und eine passende grüne Fischgrathose tragen.«

Ich starrte ihn mit offenem Mund an.

»Du stehst wirklich auf Klamotten, oder?«, fragte ich nervös. Die Sneaker fielen definitiv weg. Ich müsste richtige Absätze tragen.

Er lachte und winkte ab. »Ich hasse Einkaufen. Der Karoanzug war das erste Kleidungsstück, das ich je für mich selbst gekauft habe. Meine Schwester Sam erledigt all meine Einkäufe.«

»Du hast dein Outfit detaillierter beschrieben, als meine Freundin Louise es je tun würde«, sagte ich, während die Farbe in mein Gesicht zurückkehrte.

»Mir wurde gesagt, ich soll es auswendig lernen, bevor ich dich treffe, falls du mich fragen würdest, was ich anziehe«, erklärte er, und ich sank erleichtert zusammen.

Ein Klopfen an der Tür brachte mich ins Hier und Jetzt zurück.

»Hey, Liebling. Hast du schon entschieden, was du heute Abend anziehst?«, fragte Crystal, als sie in mein Zimmer hereingeweht kam. Es war bereits nach fünf, und ich konnte den verlockenden Duft von Beef Wellington wahrnehmen, der mit ihr hereinkam. Das Abendessen war um sechs, und ich musste partyfertig sein, da nach dem Essen nicht genug Zeit bleiben würde.

Ich holte das Kleid und die Clutch aus dem Schrank und zeigte sie Crystal. »Ich sollte eigentlich heute Abend dieses tragen, aber anscheinend ist Schwarz keine Option.«

Crystal nahm den Kleiderbügel und hielt das Kleid vor sich, während sie in den Spiegel blickte. »Wir können tauschen. Du kannst meines tragen. Es ist rot!«, sagte sie mit einem Augenzwinkern. Mein Magen sank. Es war entweder unverschämt kurz, bis zum Bauchnabel ausgeschnitten oder bis zu den unaussprechlichen Stellen geschlitzt.

Sie verdrehte die Augen. »Nicht mein Partykleid, mein Abendkleid.« Sie hing das Kleid in meinen Schrank und zog mich in ihr Zimmer. Dort präsentierte sie zwei rote Kleider. Eines war ein flammendrotes, rückenfrei satiniertes Etuikleid, auch bekannt als das Partykleid. Das Ding war kaum mehr als eine Serviette, die von einem Band gehalten wurde. Ich schauderte.

Das andere war kirschrot mit einem Neckholder, einem Oberteil aus Spitze und einem hochgeschnittenen Chiffonrock. Es war züchtig und anständig. Ich verengte meine Augen zu Schlitzen; wann würde Crystal jemals ein solches Kleid tragen?

»Probier es an«, drängte sie und zauberte eine passende Spitzen-Clutch hervor.

Ich streifte mein T-Shirt und meine Jeans ab und schlüpfte in das Kleid. Crystal zog den Reißverschluss auf meinem Rücken hoch und steckte mein Haar mit einer Klammer hoch. Das Kleid passte perfekt, zu perfekt. Unsere Blicke trafen sich im Spiegel; meine Augen wurden feucht. Sie hatte dieses Kleid für mich gekauft.

»Wie?«, würgte ich hervor. »Wie hast du das gewusst?«

Sie umarmte mich und schnaubte. »Ich war in der Stadt beim Sale-Shopping und habe diese kleine Schönheit entdeckt. Ich war mir sicher, dass du ein Kleid für heute Abend hättest, aber irgendetwas sagte mir, ich sollte es kaufen. Sie haben es praktisch verschenkt«, sagte sie, während sie nach einer Schachtel unter dem Bett griff.

Crystal öffnete den Deckel und präsentierte sie mir. Vorsichtig hob ich das Seidenpapier an und entdeckte ein Paar rote Mary-Jane-Schuhe aus Wildleder mit Blockabsätzen in der gleichen Farbe wie das Kleid. Ich stand da und streichelte ehrfürchtig das weiche Wildleder.

»Los, probier sie an!«

Ich schüttelte mich aus der Trance und nahm die Schuhe aus der Schachtel. Ich streifte meine flauschigen Socken ab und schlüpfte in die Schuhe – sie passten perfekt und waren so bequem.

»Lass mal sehen«, sagte Crystal, als sie mir die Clutch reichte. Sie musterte mich kritisch und nickte dann zufrieden. »Ein bisschen Lipgloss und diese Tropfenohrringe, die du an Weihnachten getragen hast, und du bist fertig.«

Sie hatte Recht. Ich sah umwerfend aus. Ich strahlte mein Spiegelbild an, und dann fiel mir ein, dass ich immer noch an Mama und Papa vorbeikommen musste.

»Warum das lange Gesicht, Liebling?«, fragte Crystal.

»Was sage ich zu Mama und Papa?«

Crystal tippte mit dem Finger auf ihre Oberlippe. »Wie kommst du dorthin?«, fragte sie, und dann runzelte sie die Stirn und fügte hinzu: »Wo geht ihr überhaupt hin?«

Connor und ich hatten nicht besprochen, was ich preisgeben durfte und was nicht. Alles, was ich wusste, war, dass nicht einmal ich wissen sollte, dass er ein Gestaltwandler war. Ich war ziemlich sicher, dass es nicht erlaubt war, Crystal vom Nordpol zu erzählen.

»Er kommt, um mich abzuholen und mich zu seinem Haus zu bringen. Er wohnt in Richmond«, sagte ich. Das stimmte.

»Hat er ein Auto?«, fragte sie.

»Ich glaube nicht«, antwortete ich.

»Ich nehme an, er ist ritterlich, aber es macht keinen Sinn, dass er den ganzen Weg hierher kommt, nur um wieder zurückzufahren.«

Ich zuckte nur mit den Schultern.

»Geh duschen, und ich werde darüber nachdenken«, sagte sie und scheuchte mich aus ihrem Zimmer.

Connor

»Du kannst dir ruhig Zeit nehmen, dein Essen zu kauen, Schatz«, sagte Mum beim Abendessen. »Besonders, da Kaylas Cousin sie herbringt. Es ist noch genug Zeit.«

»Ich kann es kaum erwarten, sie kennenzulernen«, sagte Samantha.

»Sie muss ein ganz besonderes Mädchen sein, wenn der Weihnachtsmann zustimmt, dass sie deine Begleitung zum Ball ist«, sagte Dad. »Du hast das mit dem großen Mann abgeklärt, oder?«

Seine Sorge war berechtigt. Die Prancers hatten gerade erst ihren Namen am Nordpol reingewaschen, und niemand wollte für Unruhe sorgen.

»Ja, Dad. Der Weihnachtsmann weiß alles über Kayla. Außerdem werden viele Gestaltwandler Begleitungen dabei haben«, antwortete ich.

»Begleitungen, mit denen sie in ernsthaften Beziehungen sind. Begleitungen, die den Schwur abgelegt haben«, erwiderte Dad ernst.

»Ich weiß, dass ich Kayla noch nicht sehr lange kenne, und ich kann nicht einmal behaupten, dass wir in irgendeiner Beziehung sind, aber ich weiß, dass ich ihr vertrauen kann. Außerdem ist sie eine

Unschuldige. Zählt das nicht?«, fragte ich. Meine Stimme brach beim letzten Teil, und ich räusperte mich.

Mum legte ihre Hand auf meine und drückte sie. »Sie muss wirklich außergewöhnlich sein.«

Ich hatte noch nie jemanden nach Hause gebracht und niemandem erzählt, dass ich ein Gestaltwandler war. Nicht einmal Paul, meinem besten Freund in der Schule. Ich hatte mich vor weniger als einem Jahr verwandelt und hatte nie das Bedürfnis oder den Drang verspürt, es jemandem zu erzählen. Ich hatte am Nordpol Freunde gefunden. Wir hatten mehr gemeinsam, auch wenn unser Alltag unterschiedlich war.

Jetzt, da ich Teil von Santas Gespann geworden war, gehörte ich zu einem Rudel. Wenn ich keinen Mist baute, würde ich im Rudel bleiben, bis ich eine Familie hatte oder 25 wurde, je nachdem, was zuerst eintrat.

Als hätte sie meine Gedanken gelesen, fragte Sam, ob ich nach den Feiertagen die Schule wechseln würde.

»Ich denke schon«, sagte ich. »Abgesehen von Paul habe ich nicht so viele Freunde in der Schule, die ich vermissen würde, und Paul wohnt gleich die Straße runter. Wir werden in Kontakt bleiben.«

»Wird ein Schulwechsel mitten im Jahr deine schulischen Leistungen nicht beeinträchtigen?«, fragte Mum.

»Ich bin kein Genie, aber ich komme ganz gut zurecht. Ich kann mir nicht vorstellen, dass die Schule am Nordpol schwieriger sein wird als an der St. Paul's.«

»Das denke ich auch nicht, aber wir wissen wenig über die Qualität der Ausbildung, die du dort erhalten wirst«, sagte Mum. »Dein Vater war nie dort, und auch niemand in unserer Familie, der noch lebt, kann uns davon erzählen.«

»Stimmt, aber ich habe großartige Dinge gehört. Außerdem ist es kostenlos. Denk an das Geld, das ihr sparen werdet!«

»Mach dir keine Sorgen, Petra. Ich habe auch großartige Dinge gehört. Das Wichtigste ist, dass er gut für seine Rentier-Pflichten ausgebildet wird. Die Mitglieder von Santas Rudel gehen normalerweise nach Oxford oder Cambridge. Sie würden nicht aufgenommen werden, wenn die Schule unzureichend wäre«, sagte Dad.

Er lehnte sich in seinem Stuhl zurück, die Hände auf dem Tisch abgestützt. Er trug ein zufriedenes Lächeln und seufzte. Aber ich sah auch ein Funkeln in seinen Augen und fragte mich, ob er nicht ein bisschen neidisch war. Er drehte sich zu mir um, und ich lächelte, um zu zeigen, dass ich verstand, dass ich für uns beide dorthin gehen würde. Sein Zwinkern als Antwort sagte mir, dass er dankbar war.

»Also gut«, sagte Mum. »Wenn alle fertig sind, sollten wir besser den Tisch abräumen und uns auf unsere Gäste vorbereiten.«

Kayla

Als wir in die Fife Road einbogen, verstand ich, warum
beim Abendessen alles so reibungslos verlaufen war, als
Crystal die Planänderung zur Sprache brachte. Als ich
erwähnte, dass Connor in Richmond wohnte, wurden die Lächeln
meiner Eltern noch breiter, und sie waren völlig einverstanden mit
Crystals Plan.

Sie würde mich zu Connors Haus fahren, den Jungen und seine
Eltern kennenlernen und entscheiden, ob es sicher war, mich in ihrer
Obhut zu lassen. Falls nicht, würde sie mich zurück zu Louise brin-
gen, wo ich wie ursprünglich geplant bleiben würde. Wenn alles gut
liefe, würde sie mich am nächsten Tag nach dem Brunch auf ihrem
Rückweg von ihrer eigenen Party abholen.

»Das ist vornehmer als ich erwartet habe«, sagte Crystal, als wir
an einer umzäunten Villa nach der anderen vorbeifuhren. Als wir
Connors Adresse erreichten, war ich erleichtert, dass es weder
umzäunt war noch ein Anwesen. Zugegeben, es war gut sechsmal so
groß wie unser Reihenhaus, aber im Vergleich zu den anderen
Häusern in der Straße war es bescheiden.

»Jetzt weiß ich, warum er so oft im Richmond Park ist; der liegt buchstäblich in seinem Hinterhof«, sagte ich.

Crystal und ich überprüften unser Aussehen, bevor wir aus dem Auto stiegen. Ich wandte mich zu ihr, bevor ich klingelte. »Wie sehe ich aus?«

»Fabelhaft. Absolut fabelhaft!«, antwortete sie und umarmte mich seitlich.

Kurz darauf öffnete Connor die Tür. Wenn ich dachte, er sähe vorher schon gut aus, dann fehlten mir jetzt die Worte, um das Burberry-Model zu beschreiben, das vor mir stand. Er lächelte. Ich lächelte.

»Hallo! Ich bin Cousine Crystal. Du musst Connor sein!«, sagte meine Cousine und streckte eine perfekt maniküerte Hand aus. Sie schenkte ihm ihr strahlendes Lächeln; es war schwer zu widerstehen.

»Hallo, Crystal, Kayla, bitte kommt rein«, sagte er und trat zur Seite, um uns durchzulassen.

Er nahm unsere Mäntel und hängte sie in eine Garderobe in der Nähe. Er stellte meinen Rucksack neben die Treppe. Angesichts solchen Luxus sah er lächerlich aus. Als er zurückkam, musterte er Crystal, während er näher zu mir rückte. Wir standen für eine Minute unbeholfen da, unsicher, wie wir uns begrüßen sollten, besonders mit Publikum.

Als wir jemanden aus einem anderen Raum rufen hörten: »Sind das Kayla und ihre Cousine, Schatz?«, küsste er schnell meine Wange und flüsterte: »Du siehst bezaubernd aus.«

»Du auch«, antwortete ich mit einem Kichern.

»Kommt rein, kommt rein«, sagte Connors Mutter, während sie uns ins Wohnzimmer führte.

Ein Feuer knisterte im riesigen Kamin, und die Einrichtung war alles, was ich von einem prächtigen Haus in einer vornehmen Gegend erwartet hatte. Geschmackvoll, anspruchsvoll, aber dennoch gemütlich und bewohnt.

»Sie haben ein wunderschönes Zuhause«, sagte Crystal, als sie ein Glas Sherry von Herr Prancer annahm.

»Danke«, antwortete er. »Es ist seit Generationen in unserer Familie.« Er zeigte auf ein Porträt an der gegenüberliegenden Wand. »Das ist mein Vorfahre Burgess Prancer. Wir haben das Haus vom Vater an den Sohn weitergegeben. Eines Tages wird es Connor gehören.«

Crystal runzelte die Stirn. Als überzeugte Feministin konnte ich sehen, dass sie im Begriff war zu widersprechen. Ich sprang ein und fragte: »Also, findet die Party hier in Richmond statt?«

Connor und ich hatten keine Zeit gehabt, über diesen Teil zu sprechen. Er hatte nur gesagt, dass sein Vater sich darum kümmern würde.

»Der Ball findet in der Nähe statt, nah genug, um zu Fuß hinzugehen. Wenn Sie möchten, kann Ihnen Petra das Gästezimmer zeigen, um sicherzustellen, dass es Ihren Ansprüchen entspricht«, antwortete er ein wenig zu glatt. Aber Crystal strahlte ihn nur an und erwiderte: »Das wäre wunderbar!«

Connor

Nachdem Crystal gegangen war, zufrieden mit der Zusicherung, dass wir uns gut um ihre junge Cousine kümmern würden, gab ich Kayla eine umfassendere Führung durch das Haus, die in meinem Zimmer endete.

»Du stehst wirklich auf Karomuster, oder?«, fragte sie, während sie mit den Fingern über die Wolldecke am Fußende meines Bettes strich.

»Stimmt. Aber *dieses* spezielle Karomuster ist ein Familienerbstück.«

»Hast du denn schottische Wurzeln?«, fragte sie interessiert, während sie sich zu mir umdrehte.

»Die meisten Leute nehmen an, dass Karomuster schottisch sind, aber recht viele sind britisch. Dieses hier ist mit Devon verbunden, woher meine Vorfahren stammten.«

Sie ging zu meinem Bücherregal und begutachtete meine Bücher. Sie wollte gerade eines herausziehen, als Mum uns nach unten rief. Es war Zeit zu gehen.

Ich nahm ihre Hand und zog sie zu mir. Wir würden vielleicht für ein paar Stunden keinen Moment allein haben, und ich wollte sie unbedingt küssen.

Von Angesicht zu Angesicht, unsere Hände noch locker verschränkt, starrte ich dieses wunderschöne Mädchen an. Ich wurde ganz kribbelig beim Anblick ihres verschmitzten Grinsens, das sie mir schenkte; es passte zu meinem eigenen. Ich fand es toll, dass sie keinen Lippenstift trug. Ich bewegte mich näher, und ihre Lippen öffneten sich erwartungsvoll. Es kribbelte, als sich unsere Münder trafen. Nicht die Art, die man von statischer Elektrizität bekommt. Nein, das fühlte sich wie Magie an.

Wir küssten uns, und ich schwöre, ich fühlte mich vom Boden gehoben, während Feenstaub um uns herum wirbelte. Tausendundein Glühwürmchen explodierten in meinem Bauch. Sie wirbelten und stiegen auf, schossen nach oben wie Champagner, nachdem man eine Flasche Prosecco geschüttelt hat. Als sie meinen Hals erreichten, konnte ich kaum atmen. Unfähig, sie zu bändigen, brach ich den Kuss ab und ließ sie heraus.

»Ich liebe dich.«

Entsetzt legte ich eine Hand über meinen Mund. Das wollte ich gar nicht sagen.

Mit vor Überraschung geweiteten Augen suchte Kayla in meinem Gesicht. Ihre Lippen waren noch immer leicht geöffnet, und ich konnte ein schwaches Lächeln erkennen. Ob vom Kuss oder vom Geständnis, war schwer zu sagen. Die Hauptsache war, dass sie nicht zusammengezuckt war oder, schlimmer noch, geflohen war.

»Hört auf zu knutschen und kommt runter, ja! Dad kriegt gleich einen Herzinfarkt«, kam eine Stimme von der Tür.

Kayla japste, und Sam brach in Gelächter aus.

»Ihr wart wohl in eurer eigenen kleinen Welt, was?«, kicherte sie.

Kayla schaute sie benommen an, dann zurück zu mir.

»Wenn du nicht mit mir kommst, Kayla, schaffst du es vielleicht nie zum Nordpol.« Meine Schwester schnaubte, als sie Kayla aus meinem Zimmer zur Treppe zog.

Mum und Dad warteten im Wohnzimmer. Als wir ankamen, standen sie auf.

»Muss noch jemand auf die Toilette, bevor wir gehen?«, fragte Mum.

Niemand musste gehen.

Dad nahm ein kleines Glas vom Kaminsims und bot es Kayla an. Sie runzelte die Stirn und antwortete: »Oh, nein danke. Ich bin minderjährig und mag Schnaps nicht besonders.«

»Das freut mich zu hören, Liebes, aber das ist kein Alkohol. Es ist ein Eid«, sagte Dad.

Kayla blinzelte und starrte Dad verständnislos an. Sie sah zu mir, um Antworten zu bekommen.

»Wie ich dir erzählt habe, dürfen wir Außenstehenden nicht verraten, dass wir Gestaltwandler sind oder dass der Nordpol wirklich existiert. Bevor du es selbst sehen kannst, musst du einen Eid ablegen«, erklärte ich und nickte auf das Glas mit grüner Flüssigkeit, das sie noch nicht angenommen hatte.

»Ich bin verwirrt. Ist ein Eid nicht so etwas wie auf die Bibel schwören?«

»So war es früher. Aber die Menschen haben nicht mehr den gleichen Respekt vor der Bibel wie früher, also haben die Elfen etwas ausgedacht, das ein bisschen verbindlicher ist«, sagte Mum.

»Das Trinken des Eides hindert dich daran, irgendjemandem etwas zu verraten«, fügte Sam hinzu.

»Wie das?«, fragte Kayla.

»Morgen, wenn deine Cousine kommt, um dich abzuholen, wird sie dich wahrscheinlich nach deinem Abend fragen. Solltest du dich entscheiden, ihr zu erzählen, dass du den Weihnachtsmann getroffen und mit einem Elfen getanzt hast, würde deine Cousine etwas völlig anderes hören«, antwortete Dad.

»Wie was?«, fragte Kayla verwirrt.

»Wie zum Beispiel, dass du einen Typen namens Gary getroffen und mit einem Botschafter getanzt hast oder was auch immer für ihr plausibel klingen würde«, sagte ich.

»Aber woher soll ich wissen, was ich sagen soll?«, fragte Kayla, während sich ihre Augenbrauen zusammenzogen.

»Das ist das Schöne daran. Du musst nicht lügen oder dir eine Geschichte ausdenken. Die Magie im Trank wird deine Worte verschleiern und verändern«, sagte Dad.

»Das ist ja genial!«, rief sie aus.

»Schön, dass du das so siehst. Nun, wenn du nichts dagegen hast, müssen wir aufbrechen«, sagte Dad und drückte ihr das Glas in die Hand. »Auf ex!«

Kayla nahm das Glas und schnupperte daran.

»Am besten trinkst du es in einem Zug«, sagte Sam.

Kayla nickte und trank es wie einen Shot. Sie verzog das Gesicht und gab das Glas an Dad zurück. »Es schmeckt besser als Hustensaft, aber ich würde keinen zweiten wollen.«

Wir alle lachten, und Dad zog den Hebel.

Kayla

I ch hatte mich noch nicht von dem Trank erholt, als Connors
Vater einen Stein aus dem Kamin drückte. Er sprang heraus,
und er zog daran. Sofort bewegte sich der Boden unter meinen
Füßen, und ich trat zurück.

Ich starrte darauf und versuchte zu verstehen, warum sich ein
Teil des Bodens von mir wegdrehte. Als ich aufblickte, verstand ich.
Es war wie in diesem Indiana-Jones-Film, wo sich der Kamin dreht.

Als die Bewegung aufhörte, bemerkte ich, dass dieser Kamin,
glücklicherweise unbeheizt, viel höher war als der andere.

»Das ist ja irre!«, rief ich aus.

Sam kicherte und folgte ihren Eltern in die Öffnung. Connor
nahm meine Hand, und wir stellten uns neben sie.

Als Connors Vater an einer Schnur zog, schaute ich nach oben.
Würden wir durch den Schornstein nach oben schießen?

Ich war enttäuscht, keinen Ausgang über uns zu finden, aber der
Kamin drehte sich erneut. Diesmal öffnete er sich zu einem großen
Ballsaal, wo die Party bereits in vollem Gange war. Männer, Frauen
und Kinder unterhielten sich und tanzten.

Wie wir stiegen auch andere aus Kaminen überall im Raum.

Connor zog wieder an der Schnur, und der brennende Kamin war zurück. »Lass niemals ein Feuer unbeaufsichtigt«, sagte er mit einem Augenzwinkern.

»Also gut, Kinder, ihr wisst, wie es läuft. Die Lichter werden fünfzehn Minuten vor Beginn der Preisverleihung blinken. Treffen wir uns dann wieder hier«, sagte Connors Vater.

Alle stimmten zu, und Connors Eltern gingen zu ihren Freunden. Sam tat dasselbe.

Connor wandte sich zu mir und sagte: »Ich habe vergessen, dir zu sagen, bevor wir losgingen, aber Handys funktionieren hier nicht, genau wie die meisten Uhren. Wenn du sie hier auf dem Kaminsims lassen willst, wird sie niemand nehmen, das verspreche ich.«

Ich hatte gerade auf meine Smartwatch geschaut, um festzustellen, wie spät es hier war. Da fiel mir ein, dass ich gelesen hatte, dass der Nordpol der Schnittpunkt aller Zeitzonen ist und deshalb außerhalb der Zeit liegt.

»Aber wie soll ich Crystal oder meine Eltern kontaktieren, wenn es ein Problem gibt?«, fragte ich.

»Es gibt analoge Telefone in der Lounge. Du wirst durchgestellt«, antwortete er.

»Woher wissen sie, wann die Zeremonie beginnt?«

»Um es uns leichter zu machen, verwenden sie GMT, dieselbe Zeit wie in London.«

Ich nickte. So hübsch meine Clutch auch war, ich würde sie wahrscheinlich irgendwo auf einem Tisch ablegen und vergessen. Ich streifte meine Uhr ab und ließ sie hineinfallen. Wenn ich meinen Gloss auffrischen müsste, könnte ich das genauso schnell hier wie auf der Damentoilette tun. Ich merkte mir diesen bestimmten Kamin und legte meine Tasche auf den Sims. Bei über fünfzig Kaminen, die im Raum verteilt waren, wäre es leicht, sich zu verirren.

Connor bot mir seinen Arm an, und wir gingen zu einer Gruppe junger Leute, die sich in der Nähe der Bühne unterhielten.

Als wir uns näherten, bemerkte mich einer der älteren Jungen und kam herüber.

Er verbeugte sich und streckte seine Hand aus, nicht um meine zu schütteln, sondern um sie zu küssen. Ich errötete und zog sie schnell zurück.

»Was macht eine hinreißende Schönheit wie du mit einem Zwerg wie Connor?«, fragte er.

Obwohl es ein Kompliment war, verengte ich meine Augen. »Das ist keine nette Art, über einen deiner Freunde zu sprechen.«

Die Hand des Jungen flog zu seiner Brust, und er setzte einen verletzten Gesichtsausdruck auf. »Hinreißend und schlagfertig!«, sagte er. »Entschuldigung. Du verstehst mich falsch. Connor hier ist das neueste und jüngste Mitglied des Rudels; er ist der Zwerg. Das ist eine Tatsache, keine Beleidigung.«

Connor lachte und stellte den Arsch vor. »Das ist Oliver Donner. Er ist der Älteste, der Rudelführer. Mich den Zwerg zu nennen, ist eines seiner Privilegien, obwohl ich denke, dass er es viel zu sehr genießt.«

Ich nickte nur. Ich nahm mir vor, zu fragen, ob der Rudelführer auch der Alpha ist, aber ich wollte Connor nicht mit dummen Fragen in Verlegenheit bringen.

Wir bewegten uns näher zu den anderen, und ich wurde den zehn anderen Rentier-Gestaltwandlern und ihren Dates vorgestellt. Zwei der Gestaltwandler hielten Händchen. Ich machte mir eine weitere gedankliche Notiz, nach den Regeln des Rudels zu fragen. Dates mit Rudelmitgliedern schienen erlaubt zu sein.

»Schön, dich kennenzulernen, Kayla«, sagte Spencer, der Freund von Seraphina Blitzen. »Wenn du Fragen hast, bin ich dein Mann. Wir Normalos müssen zusammenhalten.«

»Danke«, sagte ich. Ich blickte zu Seraphina, und sie nickte zustimmend.

Wir unterhielten uns, und es wurden einige Sprudelgetränke serviert. Ich glaube nicht, dass sie Alkohol enthielten, und sie waren lecker. Nachdem ich die Fragen der Gruppe beantwortet hatte – wie alt bist du, wo wohnst du, auf welche Schule gehst du, wie habt ihr euch kennengelernt – schien die Gruppe das Interesse zu verlieren und setzte ihre Gespräche fort.

»Wie lange noch bis zur Zeremonie?«, fragte ich. »Haben wir noch Zeit für eine Führung?«

Connor drehte sich zur Bühne und zeigte darauf. »Siehst du diese große Sanduhr?«, sagte er, und ich nickte. »So lange haben wir noch, bis der Weihnachtsmann kommt.«

»Oh, dann sollten wir hierbleiben«, antwortete ich und sah, dass nur noch sehr wenig Sand übrig war.

Connor lachte. »Das ist die Sache. Es ist eine magische Sanduhr; der Sand wird schneller oder langsamer fließen, je nach dem Zeitplan des Weihnachtsmanns. Also wissen wir nie wirklich, wie viel Zeit wir haben.«

»Das ergibt überhaupt keinen Sinn!«, sagte ich, und Connor zuckte mit den Schultern.

»Um deine Frage zu beantworten, wir haben Zeit für eine Mini-Tour. Wenn die Lichter blinken, kommen wir zurück. Sie werden nicht ohne uns anfangen«, sagte er.

Connor

Ich führte Kayla aus dem Ballsaal in die Halle, wo eine Miniaturversion von Santas Dorf ausgestellt war. Ich zeigte auf das höchste Gebäude auf der Südseite der Stadt.

»Wir sind im Erdgeschoss des Schulgebäudes. Hier finden alle wichtigen Veranstaltungen statt.«

»Schule?«, fragte sie.

»Gestaltwandler-Schule«, antwortete ich. Als sie mich verständnislos anstarrte, fuhr ich fort: »Sobald wir Santas Team beitreten, wird von uns erwartet, dass wir hier zur Schule gehen.«

»Wie ein Internat?«

»Ja, genau wie ein Internat. Wir können an Wochenenden und Feiertagen nach Hause fahren.«

Sie nickte und betrachtete das Modell. »Was sind diese anderen Gebäude? Wo ist die Werkstatt?«

Natürlich würde sie nach der Werkstatt fragen.

»Santa hat nicht wirklich eine Werkstatt, im engeren Sinne«, antwortete ich. Das würde schwierig zu erklären sein.

»Wo stellen die Elfen die Spielzeuge und Geschenke her?«, fragte sie. Ihr Gesicht war so aufrichtig, dass ich sie einfach küssen musste.

Sie lächelte und lehnte sich in den Kuss. Nicht mehr als ein Herz-schlag war vergangen, bevor sie ihre Hände auf meine Brust legte und sich von mir wegdrückte.

»Wo sind die Elfen? Ich habe sie nicht im Ballsaal gesehen«, fragte sie und suchte mit ihren Augen in meinem Gesicht, als hätte sie Angst, ich würde sie austricksen.

Ich seufzte.

»Die Elfen sind keine niedlichen kleinen Wichtel, wie du sie aus Filmen kennst. Sie sind Gestaltwandler, und sie stellen keine Spiel-zeuge her.«

Ihr Gesicht fiel ein. Das war genau das, was ich befürchtet hatte. Sie hatte so hohe Erwartungen an den Nordpol; die Wahrheit würde sie zwangsläufig enttäuschen.

»Was?«, rief sie aus und drehte sich zum Modell. »Wofür sind dann all diese Gebäude? Und in was verwandeln sich die Elfen oder wovon?« Sie geriet in Panik. Ich konnte sehen, wie sie in Gedanken durch jedes Buch und jeden Film blätterte, den sie je gesehen hatte, auf der Suche nach einer Alternative zu den Elfen, die sie erwartet hatte.

»Nur als Referenz, diese Elfen sehen eher aus wie Tolkiens Elfen. Sie sind groß und dünn, haben spitze Ohren und sind unsterblich. Sie verwandeln sich in menschliche Form, wenn sie in der Gegenwart von Menschen sind«, sagte ich.

»Warum?«

»Das ist eine lange Geschichte, und ich verspreche, wir kommen darauf zurück, wenn wir mehr Zeit haben«, antwortete ich. Ich legte meine Hände um ihre Taille und zog sie sanft nach rechts, damit wir die Gebäude rund um den Stadtplatz betrachten konnten.

»Santas Dorf ist wie jede andere Kleinstadt. Es gibt einen Markt, ein Bekleidungsgeschäft, einen Schuhladen, einen Zahnarzt und andere Fachleute, die die Stadtbewohner brauchen könnten. Hier leben die Elfen seit Jahrtausenden und hier leben auch das Rudel und die Lehrer während des Schuljahres.«

Ich zeigte auf all die Gebäude. Wir bewegten uns um das Modell herum, bis wir hinter der Schule standen. »Hier drüben sind die Ställe. Hier trainieren wir in Rentierform und hier wird Santas Schlitten aufbewahrt und gewartet.«

»Aber wenn die Elfen keine Spielzeuge herstellen und es keine Werkstatt gibt, was liefert Santa dann in der Weihnachtsnacht?«, fragte Kayla. Sie gestikulierte mit einer Hand in Richtung des Dorfes, während die andere auf ihrer herausfordernd gestemmten Hüfte ruhte.

»Hoffnung«, sagte ich, aber als ich Luft holte, um weiter zu erklären, blinkten die Lichter. »Wir müssen zurückgehen. Ich werde es später erklären, versprochen.«

Sie verschränkte die Arme und tat so, als würde sie schmollen, aber ich konnte erkennen, dass sie nicht wirklich böse war. Sie war neugierig, und ich hatte ihr Interesse geweckt.

»Komm schon. Es ist Zeit für mich, anzugeben!«, sagte ich. Ich nahm ihre Hand, und wir liefen zurück in den Ballsaal.

Als wir den Ballsaal betraten, waren die Deckenlichter gedimmt, und einige Scheinwerfer wirbelten durch den Raum, als wären wir in einem der angesagtesten Nachtclubs Londons. Musik dröhnte aus den Lautsprechern, der Bass ließ meinen Brustkorb vibrieren. Connor küsste meine Wangen und ließ mich bei Spencer, Seraphinas Freund, zurück.

Einer nach dem anderen wurden Spots in der Mitte des Raums angezündet, und die Menge teilte sich wie das Rote Meer. Connor und die elf anderen Gestaltwandler nahmen ihre Plätze unter jedem der Lichter ein; Oliver war der erste und Connor der letzte. Die Musik wurde durch etwas ersetzt, das wie Stammestrommelschläge klang. Es erschütterte den Boden, und ich schwöre, ich spürte, wie Elektrizität durch meinen Körper lief. Die Luft knisterte förmlich davon.

Es ist die Magie.

Mit den Augen auf die zwölf Gestalten vor mir gerichtet, starrte ich erstaunt, als sie sich im Gleichklang verwandelten. Das goldene Schimmern wirbelte um sie herum, und, schwupp, waren sie

Rentiere. Sie marschierten im Gleichschritt mit militärischer Präzision, mit einer Eins-Zwei-Halt-Bewegung, die mich an Showpferde erinnerte. Sie gaben definitiv an.

Sie begaben sich auf die Bühne und stellten sich zu zweit auf, als ob sie sich bereit machten, den Schlitten des Weihnachtsmanns zu ziehen. Sie bewegten sich immer noch im Takt des Trommelschlags. Die Leute begannen im gleichen Rhythmus zu klatschen, und der Beat wurde schneller. Die Aufregung im Raum war greifbar.

Der Weihnachtsmann kommt.

Ich konnte es in meinen Knochen fühlen. Ich suchte die Bühne ab, aber ich konnte ihn nicht sehen, auch keine Tür, durch die er kommen könnte. Die ersten beiden Rentiere begannen wieder zu marschieren, diesmal nach rechts abbiegend, und die anderen folgten. Sie bildeten einen Kreis, bis sie hinter den letzten beiden standen, und alle Rentiere waren zur Mitte des Kreises gewandt.

Die Trommeln verstummten und das Klatschen ebenfalls. Das goldene Schimmern war zurück, dichter als zuvor. Ich konnte jetzt Schlittenglocken hören, laut und durch den ganzen Raum hallend. Nebel begann über den Boden zu kriechen und wirbelte um die Füße der Rentiere. Es gab einen lauten Knall, überall Funken, und da war der Weihnachtsmann, umgeben von den zwölf Gestaltwandlern, die wieder ihre menschliche Form angenommen hatten.

Alle brachen in Jubel und Applaus aus. Der Weihnachtsmann und die Gestaltwandler verbeugten sich im Einklang, und Oliver führte den Weg den Mittelgang hinunter, die anderen folgten ihm, bis nur noch der Weihnachtsmann übrig blieb.

Als Connor neben mir stand, strahlte er.

»Was hast du gedacht«, flüsterte er an mein Ohr, während er seine Hand in meine gleiten ließ.

»Ihr wart unglaublich«, hauchte ich. Ich drehte mich um, um ihn anzusehen, und sah, dass seine Augen leuchteten. Die anderen Rentiere hatten dasselbe grüne Leuchten, als ich einen Blick umher warf. Ich drückte seine Hand; er drückte zurück.

»Was hältst du vom großen Mann? Ist er alles, was du dir vorgestellt hast?«

Nein, der Weihnachtsmann war überhaupt nicht so, wie ich ihn mir vorgestellt hatte. Ich hatte eine rundliche Großvaterfigur mit einem weißen Bart und einem Funkeln in den Augen erwartet. Der Mann, der auf der Bühne stand, die Arme ausgestreckt, den Applaus entgegennahm, war kein Opa. Ich hätte sein Alter nicht erraten können, selbst wenn ich es versucht hätte.

Sein blasses, glattes Gesicht strahlte vor Jugend, aber seine durchdringenden schwarzen Augen hielten ein bestimmtes Wissen, das einen fühlen ließ, als wäre er älter, weiser. Er war groß, größer sogar als der größte der Gestaltwandler, mit einer schlanken Statur. Die silbernen Gewänder, die er trug, glitzerten im Licht und flossen, als er sich bewegte.

Er führte seine Hände zusammen und verbeugte sich erneut, dann bedeutete er uns, uns zu setzen. Ich hatte keine Stühle gesehen, aber sie waren da. Der Applaus erstarb, und der Weihnachtsmann entfernte seine Kapuze, um silbernes Haar und sehr spitze Ohren zu enthüllen.

»Der Weihnachtsmann ist ein Elf?«, zischte ich Connor zu.

»Er ist der Elfenkönig«, flüsterte er.

Als er sprach, verstand ich, warum Elfen sich in menschliche Gestalt verwandelten. Statt perlweißer Zähne hatte der Weihnachtsmann Reihen von messerscharfen, und seine Stimme war hoch und melodisch.

Es gab etwas Uraltes an ihm, etwas, das von einer Macht flüsterte, die viel älter war als das fröhliche Weihnachtssymbol, an das die Menschen glaubten. Die Art und Weise, wie die anderen magischen Wesen sich ihm unterordneten, war nicht nur Respekt – es war Ehrfurcht. Ich erinnerte mich an Geschichten, die mein Vater mir über die alten Elfenkönigreiche erzählt hatte, wie ihre Herrscher die Naturkräfte selbst geformt hatten. Wenn ich jetzt den Weihnachtsmann anschaute, schienen diese

Geschichten plötzlich weniger wie Märchen und mehr wie Geschichte.

»Willkommen zu unserer jährlichen Preisverleihung. Ich verspreche, ich werde euch nicht mit einer langen Rede langweilen. Lasst uns gleich loslegen«, begann er.

Connor

〜

Ich konnte erkennen, dass der Weihnachtsmann Kayla verunsicherte, an der Art und Weise, wie sie meine Hand noch fester drückte, als er zu sprechen begann. Als ich sie verlassen musste, um meine Auszeichnung für den besten Teilnehmer bei den Rentierspielen entgegenzunehmen, musste ich ihre Finger regelrecht lösen und ihr versprechen, dass ich gleich zurück sein würde.

Sie behielt ihr aufgesetztes Lächeln bei, bis die Zeremonie endete und die Lichter wieder eingeschaltet wurden. An beiden Enden des Raumes waren Buffettische aufgestellt worden, und im Hintergrund spielte sanfte Jazzmusik.

Bald würde das Tanzen beginnen, und ich hoffte, dass Kayla sich ausreichend erholt haben würde, um mir die Ehre eines Tanzes zu erweisen. Ich wusste auch, dass der Weihnachtsmann sich unter die Leute mischen und sicherlich Kayla kennenlernen wollen würde.

Ich suchte in der Menge nach Sam und versuchte Blickkontakt herzustellen, als ich sie fand. Als sie mich endlich sah, nickte ich in Kaylas Richtung und deutete diskret auf die Damentoilette.

Sie sagte etwas zu ihren Freunden und kam zu uns herüber.

»Das war ganz schön spektakulär, nicht wahr?«, sagte sie.

Kayla nickte nachdenklich. »Ich habe noch nie so etwas gesehen.«

»Lust auf einen Abstecher zur Toilette, Kayla?«

»Ja!«, antwortete Kayla und bewegte sich sofort in Sams Richtung.

Ich formte ein lautloses ›Danke‹ zu meiner Schwester und überließ Kayla ihren fähigen Händen. Sam hatte schon früher mit menschlichen Gästen am Nordpol zu tun gehabt; sie würde wissen, was zu sagen war. Hoffentlich würde sie etwas Farbe in Kaylas Wangen zurückbringen.

In der Zwischenzeit, obwohl Seraphina und ich nicht die besten Freunde waren, mochte ich Spencer durchaus. Er könnte einen Ratschlag für mich haben. Ich ging zu ihrem Tisch hinüber und fragte, ob ich mich zu ihnen setzen dürfte.

»Du bist der Star des Abends; wie könnten wir da ablehnen«, antwortete Seraphina. Es war schwer zu sagen, ob sie es ernst meinte.

»Äh, danke, nehme ich an«, erwiderte ich. Nach einer Pause wandte ich mich an Spencer und fragte: »Wie erschrocken warst du, als du den Weihnachtsmann zum ersten Mal gesehen hast?«

Er überlegte einen Moment und antwortete: »Nicht sehr. Seraphina hat mich einen dieser Peter-Pan-Filme sehen lassen, den mit der unheimlichen Meerjungfrau. Du weißt, welchen ich meine?«

Ich nickte. »Nun, sie sagte, dass so Elfen aussehen würden und der Weihnachtsmann der König der Elfen sei«, erklärte Spencer.

Ich schnaubte. »Der Weihnachtsmann ist bei Weitem nicht so furchterregend wie diese Meerjungfrauen!«

»Stimmt, aber ich hatte mich auf das Schlimmste eingestellt.«

Ich schlug mir mit der Hand vor die Stirn. Er hatte natürlich recht. »Ich bin so ein Idiot«, sagte ich.

»Da kann ich dir nicht widersprechen«, erwiderte Seraphina mit einem süßen Lächeln. »Aber sei nicht so hart zu dir selbst. Es gibt schließlich kein Handbuch, wie man Außenstehende auf die Realitäten des Nordpols vorbereitet. Wenn sie die Richtige ist, wird sie sich fangen. Wenn nicht, gib ihr einfach den Vergessenstrank und betrachte es als Lektion fürs Leben.«

»Ich hoffe wirklich, dass sie die Richtige ist«, sagte ich zu niemandem im Besonderen.

Kayla

Ich war dankbar, von der Party wegzukommen. Es war wunderschön und magisch, aber ich brauchte Raum, um meine Gedanken zu ordnen. Das alles war einfach zu viel für ein Mädchen aus Oxford.

Samantha führte mich ins Klo, wo die Musik zum Glück gedämpft war. Ich war überrascht, dass es nicht wie ein normales Klo aussah. Stattdessen war es ein schicker Aufenthaltsraum mit roten und grünen Samtsesseln. Eine Reihe von Waschbecken befand sich vor einem Spiegel an einer Seite des Raumes.

»Wo sind die Toiletten?«, fragte ich Sam.

Ihre Augen funkelten, als sie auf eine große Eichentür am hinteren Ende des Raumes zeigte. »Dort durch. Es gibt zwei Reihen von Kabinen für unser Geschäft. Der Sitzbereich ist getrennt, falls wir einfach nur einen ruhigen Ort zum Entspannen oder zum Auffrischen unseres Make-ups brauchen.«

»Oh, ich hätte meine Clutch mitnehmen sollen«, stöhnte ich. Nach dem ganzen Tanzen musste ich wahrscheinlich mein Make-up auffrischen.

»Du siehst perfekt aus«, sagte Sam zu mir.

Sie bedeutete mir, mich zu setzen, und holte ein feuchtes Handtuch, um es in meinen Nacken zu legen. Das wunderschöne rote Kleid, das Crystal mir gekauft hatte, schimmerte unter den funkelnden Lichtern. Es sah aus, als wären wir unter einer Milliarde Sternen, jeder gefangen in einer Schneeflocke.

»Wie geht es dir?«, fragte mich Sam.

»Es ist überwältigend«, gab ich zu. »Es ist alles großartig. Aber vor ein paar Wochen habe ich nicht mehr an Magie geglaubt. Ich wollte es, aber ich tat es nicht. Jetzt bin ich am Nordpol zu Silvester!«

Sam lachte, dann verzog sich ihr Gesicht vor Sorge. »Verändert das deine Gefühle für Connor?«

Ich dachte über die Frage nach. Der Rentiershifter hatte mich vom ersten Moment an fasziniert, als ich ihn traf. Allein der Gedanke an ihn ließ mich lächeln. Es beruhigte einen Teil der Panik, die ich in dieser Situation verspürte.

»Nein«, sagte ich ihr. »Es ändert überhaupt nichts an meinen Gefühlen. Connor ist unglaublich. Er ist nett und lustig. Ich liebe ihn.«

Sams Grinsen wurde noch breiter. »Tust du das?«

Meine Wangen wurden warm, aber ich grinste zurück. »Ja. Das tue ich. Das ist die eine magische Sache, an die ich nie aufgehört habe zu glauben. Ich habe immer an Liebe auf den ersten Blick geglaubt. Obwohl es in unserem Fall nicht wirklich auf den ersten Blick war. Nicht bis wir zusammen in diesem Aufzug stecken geblieben sind.«

Sam lachte mit mir. »Ich bin froh, dass er nicht mehr funktioniert hat! Du machst ihn glücklich.«

»Wirklich?«, fragte ich, nicht sicher, ob ich ihr glaubte.

»Würde ich dich anlügen?«

Ich lächelte. Nein. Nein, das würde sie nicht. »Ich bin sehr dankbar, Teil dieser Welt zu sein, Sam. Auch wenn es im Moment überwältigend ist. Ich will nie mehr weg.«

Jedes Wort war wahr. Es laut auszusprechen half mir, mich besser mit der ganzen Situation zu fühlen. Ich brauchte einfach etwas Zeit, um die Dinge besser zu verstehen.

»Oh, das erinnert mich. Ist der Rudelführer dasselbe wie ein Alpha?«, fragte ich sie.

Sam nickte. »Im Großen und Ganzen ja. Alle Rentiershifter sind Teil der Herde. Nur diejenigen, die Santas Schlitten ziehen, gehören zum Rudel. Der Rudelführer ist derjenige, der die Rentierspiele leitet und Santa hilft zu entscheiden, wer den Schlitten führen wird.«

»Oh, also führt er ihn nicht?«, fragte ich.

»Nein. Der Rudelführer führt das Rudel, indem er sich um alle kümmert und sich ihrer Stärken und Schwächen bewusst ist. Es ist eine wichtige Position.« Sam seufzt. »Connor hofft, eines Tages Rudelführer zu werden. Ich hoffe, Santa kann sein Potenzial erkennen.«

Ich dachte an Santa mit silbernem Haar, schlankem Körperbau und scharfen Zähnen. Ich schauderte. »Santa macht mir Angst.«

Sam lachte. »Nur weil du ihn nicht kennst. Und weil du den größten Teil deines Lebens an diesen fröhlichen Unsinn geglaubt hast. Komm, lass uns zurück zum Ball gehen.«

Ein fröhlicher, dicker Santa hatte mir immer beruhigend geschienen. Immer noch stirnrunzelnd folgte ich ihr aus dem Klo.

Als wir zur Party zurückkamen, kam Connor auf mich zu. Er strahlte und sah in seinem grünen Samtanzug bezaubernd aus. All meine Zweifel waren wie weggewischt.

»Willst du tanzen?«, fragte er mich.

»Ja«, sagte ich.

Ich nahm seine Hand und wir tanzten. Als ich in seine Augen schaute, summte die umgebende Magie im Takt der Musik.

Ich wünschte, ich könnte meiner Familie von allem erzählen, was hier passiert, dachte ich. Aber ich wusste, dass ich es nicht konnte. Und damit musste ich leben.

Connor

Die Magie des Nordpols schien noch zauberhafter, während ich mit Kayla tanzte. Die bezaubernden Dekorationen wirkten heller und glitzernder, während die Atmosphäre fantastisch war. Wir tanzten die ganze Nacht durch, unsere Unterhaltung floss mühelos. Mit ihr zu reden war so einfach. Es erstaunte mich.

»Ich möchte nicht, dass die Nacht endet«, sagte sie schließlich zu mir. Dann seufzte sie. »Aber ich schätze, sie muss bald zu Ende gehen, oder? Wie spät ist es eigentlich?«

Ich lachte leise. »Nun, wir sind am Nordpol. Der Schnittpunkt aller Zeitzonen. Technisch gesehen haben wir keine Zeit.«

»Aber du hast gesagt, dass der Nordpol nach Londoner Zeit funktioniert«, sagte sie und sah verwirrt aus.

Ich nickte und erklärte dann. »Es ist ein bisschen kompliziert. Wir richten uns zwar nach der Londoner Zeit, aber wir sind auch außerhalb der Zeit. Das ist eine magische Sache. Wenn du also auf die Uhr schaust, kannst du sehen, wie spät es in London ist. Aber die Zeit ändert sich nicht wirklich.«

»Aber wir müssen schon stundenlang hier sein«, sagte sie.

»Bist du müde?«, fragte ich sie mit einem Funkeln in den Augen.

Kaylas Augen weiteten sich. »Jetzt, wo du es erwähnst... nein. Ich bin überhaupt nicht müde. Obwohl wir die ganze Zeit getanzt haben.«

»Es ist die Magie«, erklärte ich ihr.

»Das ist fantastisch«, sagte sie bewundernd.

Ich genoss den staunenden Ausdruck auf ihrem wunderschönen Gesicht. Dann zog sie ihre Unterlippe zwischen die Zähne. Sie wirkte zögerlich, und dieser Ausdruck war so bezaubernd, dass ich nicht anders konnte, als ihr einen Kuss auf die Stirn zu geben.

»Da ist etwas, das mich verwirrt«, sagte sie.

»Frag ruhig.« Ich nickte ihr ermutigend zu.

»Also...« Sie dehnte das Wort. »Vorhin, als ich gefragt habe, ob der Weihnachtsmann weltweit Geschenke verteilt, hast du gesagt, er verteilt Hoffnung. Aber ich verstehe nicht. Wie kann er das tun?«

Ich nickte. Ich hatte so etwas erwartet. So viel vom Weihnachtsmann war mit anderen Geschichten vermischt worden, dass es schwer war, das alles zu sortieren.

»Der Weihnachtsmann hat nie Geschenke an Menschen verteilt«, erklärte ich ihr. »Weißt du, Weihnachten ist kurz vor der dunkelsten Zeit des Jahres und den kältesten Wintermonaten auf der Nordhalbkugel. Also fliegt der Weihnachtsmann weltweit und verbreitet Gefühle von Hoffnung, Frieden und Freude, um alle gegen die Dunkelheit und Kälte zu stärken.«

»Oh. Wie?«

Das war es, was ich an der Gestaltwandlerschule lernen würde. »Ich weiß es nicht genau. Es ist Teil der Magie. Teil seiner Vereinbarung mit den Engeln, denke ich.«

»Engel?«

»Du glaubst doch nicht, dass die Elfen die mächtigsten Wesen sind, oder?«, fragte ich sie mit einem Augenzwinkern.

Kayla blinzelte, dann lächelte sie. »Ich verstehe. Aber du hast gesagt, es war für die Nordhalbkugel.«

»Ja. Der Weihnachtsmann reist am Heiligabend um die ganze Welt, aber das ist nicht der einzige Tag, an dem er Hoffnung verbreitet. Es ist nur der kraftvollste Tag«, sagte ich ihr. »Siebenundachtzig Prozent der Weltbevölkerung leben auf der Nordhalbkugel.«

Kayla dachte angestrengt nach, ihre Nase kräuselte sich vor Konzentration. »Ich schätze, das macht Sinn. Aber warum Heiligabend? Ist die Wintersonnenwende nicht am 20. oder 21. Dezember?«

Jetzt war ich ratlos. »Ich werde mehr wissen, sobald ich den Kurs 'Geschichte des Weihnachtsfests' belegt habe, aber ich glaube, das Datum hat sich geändert, als mehr Menschen anfingen, Weihnachten statt der Sonnenwende zu feiern.«

Kaylas Augen leuchteten auf, und sie strahlte mich an, während ihre Hände über meine Aufschläge glitten. »Geschichte des Weihnachtsfests?«, fragte sie aufgeregt hüpfend. »Du musst mir alles darüber erzählen!«

Ein warmes Gefühl durchströmte mich. Wir wiegten uns immer noch zur Musik, aber plötzlich schien sie weit weg zu sein, der Klang filterte durch einen Tunnel.

Ich wurde mir meines Herzschlags bewusst, schnell und heftig. Kaylas Gesicht leuchtete, die weichen Locken um ihr Gesicht wippten wie in Zeitlupe.

Ich holte tief Luft. Ich hatte es vorher schon herausgeplatzt, aber ich wollte es mit Bedacht sagen. Meine Hände lösten sich von ihrer Taille und legten sich auf ihre. Ich schaute in ihre wunderschönen blauen Augen und sagte: »Ich liebe dich, Kayla.«

Ihre Wangen wurden rosa, aber ihr Lächeln wurde breiter. »Ich liebe dich auch, Connor.«

Ich legte meine Hände an ihre Wangen und küsste sie. Der Raum verschwand, während wir auf einer Wolke unter dem Mitternachtshimmel schwebten.

Kayla

Wir küssten uns eine Ewigkeit lang. Außer Atem lehnten wir unsere Stirnen aneinander, die Hände zwischen uns verschränkt. Das also meinten die Leute, wenn sie sagten, ein Kuss könne die Zeit anhalten. Ja, das war pure Magie.

Meine Augen flatterten auf, als ich etwas Kaltes auf meiner Wange spürte. Schneeflocken! Ich hob den Kopf und sah, dass sich eine kleine Wolke über uns auf der Tanzfläche gebildet hatte. Ich kicherte und blickte zu Connor, dessen Gesicht knallrot war.

»Das passiert, wenn es auf der Tanzfläche heiß hergeht. Mir ist das noch nie passiert«, sagte er.

Ich schaute zu den anderen Tänzern. Die meisten ignorierten die Wolke, aber einige der jüngeren Paare grinsten und zwinkerten uns zu. Meine Wangen wurden rosa, und ich lächelte Connor verlegen an.

Wir tanzten weiter, und ich erzählte Connor, wie sehr ich Schnee liebte und mir wünschte, dass es in Oxford mehr davon gäbe.

»Einmal dachte ich sogar daran, nach Kanada zu ziehen«, sagte ich, und Connor lachte.

Jemand räusperte sich hinter mir. Connor war ernst geworden, und ich drehte mich um und sah den Weihnachtsmann. Er lächelte, aber sein Mund war geschlossen, sodass ich seine Zähne nicht sehen konnte.

»Es tut mir leid, Sir. Ich schätze, wir haben uns von der Hitze des Moments mitreißen lassen, sozusagen«, beeilte sich Connor zu sagen.

»Schon gut, Connor. Ich wollte fragen, ob ich übernehmen darf«, fragte der Weihnachtsmann. Sein Blick wanderte zu mir, seine Augenwinkel kräuselten sich.

Es reichte nicht aus, um die Nervosität zu vertreiben, die in meinem Magen rumorte.

»Kayla, darf ich um einen Tanz bitten?« fragte der Weihnachtsmann und streckte seine Hand aus.

Ich blickte zu Connor, der mich anlächelte und ermutigend nickte. Nervös schluckte ich. »O-okay«, stammelte ich.

Der Weihnachtsmann nahm meine Hand und führte mich in die Mitte des Ballsaals. Die Menge machte Platz, und ein Walzer begann. Ich war gerade dabei, ihm zu sagen, dass ich nicht walzern konnte, als der Weihnachtsmann mich mit sich fortzog. Magie hin oder her, er war eindeutig besser darin als Connor.

»Ich weiß, dass ich einschüchternd wirke«, sagte der Weihnachtsmann, während wir tanzten. »Ich kann in menschliche Gestalt wechseln, wenn Sie das vorziehen.«

Als ich sein Gesicht betrachtete, wurde mir klar, dass ich das nicht wollte. Ja, seine Erscheinung schüchterte mich ein, aber warum sollte sie das? Dies war der Weihnachtsmann. Ich hatte ihm als Kind so viele Briefe geschrieben. Ich holte tief Luft und schüttelte den Kopf.

»Nein, bitte nicht. Ich muss mich an die Magie gewöhnen.«

»Das freut mich. Es zeigt, dass Sie bereit sind, Ihre Denkweise für Connor zu ändern«, sagte der Weihnachtsmann.

Er stellte mir Fragen über meine Familie, und wir unterhielten uns eine Weile. Ich erzählte ihm eifrig von allen. Mein Herz fühlte sich seltsam schwer an, als ich fertig war.

»Ich wünschte, ich könnte sie hierher bringen«, platzte es aus mir heraus, bevor ich den Mut verlieren konnte.

Der Weihnachtsmann hob eine Augenbraue. »Tatsächlich?«

»Ja. Ich weiß, der Eid bedeutet, dass ich ihnen die Wahrheit erzählen kann, und ihre Gedanken werden verändern, was auch immer ich sage, sodass wir uns verstehen können. Das bedeutet, es ist nicht wirklich eine komplette Lüge«, sagte ich, und meine Stirn runzelte sich. »Und ich bin natürlich sehr dankbar dafür. Ich verstehe, warum das nötig ist. Sie kennen meine Familie nicht.«

»Stimmt«, sagte der Weihnachtsmann. »Ich bin nicht allwissend.«

Ich seufzte und dachte daran, wie begeistert alle wären, wenn sie all das sehen könnten. »Ich mag die Idee der halben Lügen nicht, in die der Eid es verwandeln würde. Ich halte sie nicht gerne im Dunkeln über das, was in meinem Leben passiert. Und ich wünschte, ich könnte die Magie mit ihnen teilen. Es war ein schwieriges Jahr.«

»Ich weiß, meine Liebe. Es waren schwierige Jahre überall auf der Welt in letzter Zeit. Aber Sie müssen Hoffnung haben.«

Ich lächelte ihn an. Es war erstaunlich, wie leicht er mich beruhigt hatte. »Das werde ich. Und ich werde alle Regeln befolgen, das verspreche ich.«

»Gut. Aber da ist etwas, das Sie wissen sollten.« Der Weihnachtsmann hörte auf zu tanzen und blickte mich ernst an. Die Musik hatte aufgehört, und er führte mich zu dem Platz, wo Connor mit seinen Freunden saß.

»Es gibt einen Trank, den Sie trinken können, um Ihre Erinnerungen an den Nordpol zu löschen.«

Ich starrte ihn mit offenem Mund an und ließ seine Hand los. »Warum sollte ich das wollen?«

»Falls Sie das Gefühl haben, nicht mit einer Lüge leben zu

können... oder falls der Eid versagt«, sagte er mit ernstem Gesichtsausdruck. »Die Möglichkeit besteht.«

Ein Schauer lief mir über den Rücken. Alles vergessen? Ich würde diese Momente für immer in Ehren halten. Aber ich verstand seinen Standpunkt. Wäre es zu viel, meiner Familie und Freunden nie vom Nordpol zu erzählen? Von Connor?

Connor

Kayla schien nach ihrem Tanz mit dem Weihnachtsmann abgelenkt zu sein. Wir tanzten und unterhielten uns, aber sie wirkte verschlossen und angespannt.

»Geht es dir gut?«, fragte ich sie, als wir nach Hause fuhren.

»Ich denke nur über meine Familie nach«, sagte sie mir und lächelte dann beruhigend. »Ich werde das schon klären. Mach dir keine Sorgen.«

Als wir zu Hause ankamen, zeigte Sam Kayla das Gästezimmer. Ich ging in mein Schlafzimmer und zog meinen Schlafanzug an. Obwohl es eine großartige Party gewesen war und ich müde war, arbeitete mein Gehirn zu sehr, um schlafen zu können.

Ich dachte immer wieder an das, was meine Freunde gesagt hatten, und fragte mich, ob Kayla eine war, die man 'behalten' sollte. Ich liebte sie und wollte sehen, wie die Zukunft zusammen aussehen würde... aber was, wenn sie nicht dasselbe fühlte?

Was, wenn ihr die ganze Magie einfach zu viel wurde? Konnte das der Grund sein, warum sie nach ihrem Tanz mit dem Weihnachtsmann distanziert wurde?

Ich stöhnte, während ich mich hin und her wälzte. Egal wie

bequem ich lag, ich konnte nicht einschlafen. Ich hatte zu viele Gedanken im Kopf.

Schließlich wurde mir klar, dass ich überhaupt nicht einschlafen würde.

Ich warf meine Decken ab, zog einen Morgenmantel an und tappte in die Küche, um einen Mitternachtssnack zu holen. Vielleicht würde mich etwas warme Milch und ein Keks zum Einschlafen bringen.

Als ich näher kam, war ich überrascht zu sehen, dass das Licht an war. Ich betrat die Küche und grinste, als ich Kayla sah. Sie stand mitten in der Küche und schaute sich mit einem verwirrten Gesichtsausdruck um.

Sie war einfach zu niedlich! Ich brach in Gelächter aus.

Kayla zuckte zusammen und drehte sich zu mir um. »Oh, Connor! Du hast mich erschreckt.«

»Tut mir leid«, sagte ich. Ich ging zu ihr, umarmte sie von der Seite und küsste sie auf den Scheitel. »Wenn du deinen Gesichtsausdruck hättest sehen können, hättest du auch gelacht.«

Diesmal lachte sie mit mir. »War ich so lustig, hm?«

»Ja, das warst du.«

Kayla deutete in der Küche umher. »Deine Eltern haben mir gesagt, ich könnte nehmen, was ich wollte, aber ich weiß nicht, wo alles ist.«

»Hmm. Was möchtest du denn?«

»Ich dachte an Popcorn«, antwortete sie. »Ich kann nicht schlafen und dachte, ich würde gerne einen Film schauen.«

Meine Augen leuchteten auf. Das war eine großartige Idee! Wir machten eine große Schüssel und gingen ins Wohnzimmer.

»Werden wir deine Familie nicht stören?«, fragte sie.

»Nein, dieses Haus hat dicke Wände. Niemand wird etwas hören.«

Ich kuschelte mich neben sie und wählte einen Weihnachtsklassiker aus.

»Ich liebe Weihnachtsfilme«, sagte Kayla. »Sie sind meine Lieblingsfilme.«

»Meine auch.«

Genau so hatte ich mir eine Beziehung vorgestellt. Zusammengekuschelt unter einer Decke, Filme schauen und Popcorn knabbern. Ich meine, das Küssen war auch schön gewesen, und ich konnte es kaum erwarten, es wieder zu tun, aber das hier war einfach herrlich.

Wir müssen eingeschlafen sein, denn ich wachte am nächsten Tag auf, als Sam mich rüttelte. Mein Arm war um Kayla geschlungen, der andere hielt immer noch die leere Popcornschüssel.

Zum Frühstück machten wir Pfannkuchen, und Kayla war strahlend und lebhaft, als sie mit meinen Eltern sprach. Sie fragten nach ihrer Familie, ihren Freunden und ihren Plänen für die Schule im nächsten Jahr. Ich konnte nicht anders, als zu fühlen, dass sie hierher gehörte.

Doch allzu bald kam Kaylas Cousin, um sie abzuholen. Ich begleitete sie zum Auto und küsste sie sanft. »Ich rufe dich an«, versprach ich.

»Das will ich auch hoffen«, sagte sie und stieß mir spielerisch mit dem Finger gegen die Brust. Sie glitt ins Auto und winkte, als es wegfuhr.

Kayla

Wie erwartet, stellte Crystal mir tausend Fragen darüber, was passiert war. Ich sagte ihr immer wieder, dass sie warten müsste, bis wir zu Hause wären, damit ich es allen gleichzeitig erzählen könnte. Mein ganzer Körper fühlte sich warm und strahlend an, als käme ich am Ende eines großartigen Weihnachtsfilms an.

Das Ende.

Das Glücksgefühl trübte sich ein wenig. Dies war doch nicht das Ende meines Films, oder? Connor und ich standen doch erst am Anfang! Ich fragte mich, was als Nächstes passieren würde. Alle Weihnachtsromanzen enden mit dem ersten Kuss...

Ich muss wohl abwarten und sehen.

Ich lächelte vor mich hin und betrat das Haus. Mein Kopf war noch immer voller Magie vom Nordpol. Alles blieb lebendig und klar. Gestern Abend hatte ich befürchtet, ich würde heute aufwachen und feststellen, dass alles nur ein Traum gewesen war.

Aber es war kein Traum. Kein Traum war so greifbar wie meine Erinnerungen an den Nordpol.

»Wir sind zu Hause«, rief Crystal.

Eine Herde Familienmitglieder begrüßte uns. Sie stellten alle durcheinander Fragen. Ich musste lachen und wedelte mit den Händen, damit sie aufhörten.

»Erzähl uns alles«, verlangte Mum, als wir ins Wohnzimmer kamen.

»Wo soll ich anfangen?«, überlegte ich laut. »Also, zuerst solltet ihr wissen, dass Connor und seine Familie Rentierwandler sind. Sie können sich in Rentiere verwandeln und den Schlitten des Weihnachtsmanns ziehen.«

Mums Augen weiteten sich, und ihr Kiefer klappte herunter.

Ich fragte mich, was der Eid für sie übersetzte. Ich fuhr fort, den Besuch am Nordpol und alles, was dort geschehen war, zu beschreiben. Als ich zu dem Teil kam, wo ich mit dem Weihnachtsmann tanzte, lachte mein Bruder Andy.

»Was ist so lustig?«, fragte ich ihn.

»Du hast mit dem Weihnachtsmann getanzt? War Frau Weihnachtsmann nicht eifersüchtig?«, kicherte er.

Ich öffnete meinen Mund, um zu antworten, aber nichts kam heraus. Meine Eltern, Tanten, Onkel und Cousins starrten mich alle mit verwirrten Gesichtsausdrücken an. Einige von ihnen sahen aus, als dächten sie, ich könnte wahnsinnig werden.

Ein eisiger Finger kroch mir den Rücken hoch. Der Eid sollte meine Worte verschleiern. Sie hätten nichts vom Nordpol und vom Weihnachtsmann hören sollen.

»Ähm...«, schluckte ich schwer. »Als wir nach Hause kamen, konnte ich nicht schlafen. Also ging ich in die Küche, und Connor kam auch. Wir machten Popcorn und saßen Filme schauend da, bis wir beide einschliefen. Das ist alles.«

Dad zupfte an seinem Ohr. »Du meinst, ihr seid zu einem Ort gegangen, der als Nordpol dekoriert war, oder?«

Mir stockte der Atem in der Kehle. Er hätte das nicht hören sollen!

»Was ist hier los?«, fragte ich mich laut.

»Und du hast mit jemandem getanzt, der wie der Weihnachtsmann verkleidet war«, bohrte Mum nach.

Tante Mathilda fragte: »Hast du dich seltsam gefühlt, als Einzige ohne Kostüm?«

Ich schaute zwischen ihnen hin und her. Meine Hände wurden kalt. Hatte ich etwas falsch gemacht? Vielleicht hatte ich eine schlechte Charge des Eidtranks getrunken. Oder vielleicht hätte ich nicht so viele köstliche sprudelnde Getränke auf der Party trinken sollen.

»Ihr solltet mich nicht verstanden haben«, sagte ich panisch. »Ihr solltet gedacht haben, ich sei zu irgendeinem Diplomatenball gegangen oder so etwas! Aber ihr... ihr habt alles gehört, oder?«

Crystal stützte ihre Ellbogen auf den Tisch. »Wenn du meinst, dass du uns gerade erzählt hast, du warst am Nordpol mit einem Rentierwandler, der dieses Jahr den Schlitten des Weihnachtsmanns gezogen hat, dann ja.«

Ich rieb meine Hände an meiner Hose. »Und... und ihr glaubt mir?«, fragte ich in der Hoffnung, dass sie alle in Gelächter ausbrechen würden wie Andy.

Ihre Gesichter sagten alles.

Sie glaubten mir.

»Du warst nie jemand, der einfach Sachen erfunden hat«, sagte Mum. »Selbst als du Spiele über Magie gespielt hast, schien es immer... nun, real für dich zu sein.«

Ich schluckte. Mein Herz pochte. Der Eid hatte nicht funktioniert. Ich hatte gerade alles ausgeplaudert.

Würde Connor meinetwegen in Schwierigkeiten geraten? Würde der Weihnachtsmann unsere Erinnerungen löschen?

Connor

Meine Familie verbrachte den Neujahrstag immer mit älteren Gestaltwandlern. Obwohl sie uns nicht erkannten und sich nicht mehr verwandeln konnten, brachten wir trotzdem Decken, heißen Tee und Hackfleischpasteten mit. Es war das Singen, das den einen oder anderen Gestaltwandler dazu brachte, menschliche Gestalt anzunehmen, und sie freuten sich immer, ein freundliches Gesicht zu sehen, wenn es passierte.

Ich kam nach Hause zu einer panischen Nachricht von Kayla, und meine fröhliche Stimmung verflog. Sie hatte sich mit den Details zurückgehalten und nur gesagt, ich solle sie sofort zurückrufen.

Ich schluckte den Kloß in meinem Hals hinunter und rief sie an.

»Hey, Kayla. Was ist los?«

»Der Schwur hat versagt. Ich habe meiner Familie alles erzählt - Tanten, Cousins, die ganze Gruppe, und sie haben jedes Wort gehört«, sagte sie mir. Sie sprach schnell und erklärte mir, was passiert war.

Sie war ziemlich aufgelöst. Ich versuchte, sie zu beruhigen, aber ihre Panik war ansteckend. Ich hatte noch nie davon gehört, dass der Schwur auf diese Weise versagt hatte. Irgendetwas musste schiefgelaufen sein, aber was? Papa hatte den Schwur selbst von den Elfen bekommen, kurz bevor Kayla gestern zum Haus kam.

Der Schwur war eine der ältesten Formen der Bindungsmagie in unserer Welt und reichte zurück bis zu der Zeit, als die Jahreszeitenhöfe zum ersten Mal das Gleichgewicht hergestellt hatten. Er sollte unzerbrechlich sein - eine Mischung aus elementarer Magie und uralten Versprechen, die die menschliche Wahrnehmung umleitete, statt die Erinnerung zu verändern. Wenn er versagt hatte, dann gab es etwas wirklich Ungewöhnliches an Kayla und ihrer Familie.

»Ich werde mit meiner Familie sprechen. Ich bin sicher, wir können das herausfinden«, sagte ich und hoffte, dass ich Recht hatte. »Keine Sorge. Es muss einen einfachen Weg geben, das zu beheben.«

Ich legte auf und wandte mich an meine Eltern und meine Schwester. Sie alle beobachteten mich mit besorgten Blicken.

»Was ist los?«, fragte Mum.

»Es ist Kayla. Der Schwur hat nicht gewirkt. Sie hat ihrer ganzen Familie alles über den Nordpol erzählt, und jetzt wissen sie Bescheid«, sagte ich. Ich kaute auf meiner Lippe, während die Sorge an meinem Magen nagte. »Sind wir in Schwierigkeiten?«

Papa stand auf. »Natürlich nicht, Connor. Ruf Kayla zurück und sag ihr, sie soll ihre Familie herbringen. Wir werden sie zum Weihnachtsmann bringen. Er wird wissen, was zu tun ist.«

Ich nickte. »Okay, das ist ein guter Plan«, sagte ich, während ich Kayla eine Nachricht schickte, so schnell wie möglich herzukommen. Ihre Antwort kam sofort.

Sind unterwegs. xo

Ich muss mich beruhigen, für Kaylas Wohl.

Mum begann eifrig, das Haus aufzuräumen, und Sam stellte einen Teller mit Keksen bereit, während Papa Tee aufbrühte.

»Es wird alles gut, Connor«, sagte mir Sam, als die Autos in die

Einfahrt fuhren. »Der Weihnachtsmann wird verstehen, dass das nicht deine Schuld ist.«

Ich nickte stumpf. Ich machte mir nicht wirklich Sorgen um mich selbst, sondern eher darum, was das für Kayla bedeutete.

Ich wusste, dass es meine Familie betreffen würde, wenn der Weihnachtsmann entscheiden würde, dass ich etwas falsch gemacht hätte. Die Familie Prancer war dabei, ihren Ruf wiederherzustellen. Aber ich konnte mir einfach keine Sorgen um mich selbst machen. Das Schlimmste, was passieren könnte, wäre, dass der Weihnachtsmann entschied, dass Kaylas ganze Familie vergessen müsste.

Kayla würde mich auch vergessen... oder den Kontakt zu ihrer Familie aufgeben müssen, was sie, wie ich wusste, niemals tun würde.

Mein Herz schmerzte allein bei dem Gedanken, dass sie wählen müsste.

Ihre Familie sah ehrfürchtig und nervös aus, als Mum und Papa sie ins Haus baten. Wir konnten nicht alle in den Kamin passen, um zum Nordpol zu gelangen, also machten wir es nacheinander. Mum schickte mich zuerst mit Kayla und ihren Eltern durch.

Kayla verschränkte ihre Finger mit meinen, als wir den Ballsaal betraten. Die Dekorationen von gestern Abend waren abgenommen worden und hinterließen gewölbte Decken und einen weiten, offenen Boden.

»Das ist so wunderschön«, flüsterte ihre Mutter.

Bald waren alle hier. Sie schauten sich alle mit ehrfürchtigen Gesichtsausdrücken um. Ich schluckte nervös und seufzte dann. Es hatte keinen Sinn, nervös zu sein, oder? Wir hatten das Protokoll auf den Buchstaben genau befolgt.

»Lasst uns Platz nehmen und auf den Weihnachtsmann warten. Ich habe seinen Assistenten angerufen, und er sollte gleich zu uns stoßen«, sagte Papa und deutete auf den Loungebereich.

»Was wird passieren, wenn er eintrifft?«, fragte Kaylas Vater.

»Ich vermute, er wird einen Trank für euch haben, den ihr trinken müsst, um zu vergessen, was Kayla euch erzählt hat.«

Kayla drückte meine Hand fest. Als ich in ihre Augen sah, erkannte ich die gleiche Angst, die sich in meinem Magen zusammenzog.

Ich wollte nicht, dass das, was vielleicht unsere letzten gemeinsamen Momente sein könnten, durch Angst ruiniert würde. Kaylas Familienmitglieder flüsterten untereinander, alle mit besorgten Gesichtsausdrücken.

»Da ihr ohnehin vergessen werdet, könnte ich euch vielleicht eine Führung durch das Dorf geben. Irgendwelche Interessenten?«, schlug ich vor.

Kayla seufzte erleichtert. »Das wäre wunderbar!«

Kayla

Alle meine Ängste verschwanden, als Connor uns nach draußen führte. Alles war mit einer glitzernden Schneedecke überzogen. Es gab Dutzende von Gebäuden in Santas Dorf. Jedes war einzigartig und in leuchtenden, fesselnden Farben bemalt.

»Überall liegt Schnee, aber es ist nicht kalt«, sagte Crystal und schüttelte ungläubig den Kopf.

Ich lächelte sie an. »Hast du vergessen, was ich über Magie gesagt habe?«

Crystal verdrehte die Augen und streckte mir die Zunge heraus. Obwohl sie eine große Anwältin war, verhielt sie sich manchmal ziemlich kindisch.

»Es ist genau so, wie ich es mir vorgestellt habe«, sagte Mama. Sie kicherte und rannte los, wobei sie Papa mit sich zog.

Ich lachte überrascht auf, als sie in einen Schneehaufen sprangen. Dort begannen sie, Schneeengel zu machen. Ich schüttelte den Kopf über sie und drehte mich um, nur um festzustellen, dass meine ganze Familie am Spielen war. Andy und Crystal warfen perfekt geformte Schneebälle aufeinander und lachten vergnügt. Meine Tanten und

Onkel schaufelten Schnee zusammen, und meine Cousins bauten bereits Schneemänner.

Connor legte seinen Arm um mich. »Wow. Sie nehmen das alles viel besser auf, als ich erwartet hatte.«

Ich seufzte glücklich und lehnte mich an ihn. Dies war genauso magisch wie beim Ball. Vielleicht sogar noch mehr, weil es meine Familie war. Ich konnte sehen, wie glücklich sie waren. Zu sehen, wie die Magie sie alle wieder wie Kinder agieren ließ, brachte mich zum Lächeln.

»Weißt du«, flüsterte ich ihm zu, »ich glaube, ich bin nicht die Einzige in meiner Familie, die noch an Magie glaubt. Vielleicht hat der Eid deshalb nicht funktioniert. Weil sie alle, auch wenn sie mit Erwachsenenkram zu tun hatten, im Herzen unschuldig geblieben sind?«

Connor küsste meine Schläfe. »Sieht ganz danach aus.«

Doch leider konnte selbst der Anblick meiner glücklichen Familie meine Ängste nicht lange unterdrücken. Mein Lächeln verblasste, als ich mich zu ihm umdrehte. Ich hielt Connors Hände fest, während ich ihm in die Augen sah.

»Egal was passiert, ich werde dich immer lieben«, sagte ich ernst. »Ich würde die Zeit, die wir zusammen verbracht haben, für nichts in der Welt eintauschen. Egal, was Santa entscheidet, ich liebe dich.«

Connor blinzelte schnell, als würde er versuchen, nicht zu weinen. »Ich liebe dich auch.«

Seine warmen Hände umfassten meine Wangen. Dann küsste er mich. Unsere Lippen berührten sich, und das Kribbeln der Magie durchströmte mich. Ich schloss meine Augen und ließ mich in den Kuss fallen. Dies könnte unser letztes Zusammensein sein. Ich wollte, dass es zählt.

»Ähm, oh, Knutschalarm«, rief eine Stimme hinter uns.

Connor und ich lösten uns voneinander. Wir drehten uns um und sahen Crystal und Sam, die auf uns zukamen. Sie gingen Arm in Arm, bereits beste Freunde. Beide beobachteten uns mit einem neckischen Funkeln in den Augen. Mein Gesicht wurde heiß, aber ich schüttelte nur den Kopf.

»Ihr macht es peinlich«, beschwerte sich Connor.

Sam und Crystal sahen sich an und brachen in Gelächter aus.

Connors Vater tauchte hinter ihnen auf. Er rief uns alle zusammen. »Santa ist angekommen«, sagte er.

Mein Hals fühlte sich an wie die Sahara-Wüste. Ich schluckte schwer, während ich Connors Hand umklammerte. Wir sahen einander an. In seinen Augen brannte eine wilde Entschlossenheit. Das gab mir ein besseres Gefühl, aber ich hoffte, er würde nichts tun, was ihn in Schwierigkeiten bringen könnte.

»Wir sollten gehen«, sagte er.

Ich nickte.

Wir gingen zurück zum Ballsaal. Meine Familie redete und lachte. Ich wünschte, ich könnte mitmachen, aber mein Magen war zu sehr verknotet. Ich hoffte verzweifelt, dass ich die Magie behalten könnte. Ich wollte sie nicht aufgeben. Ich wollte Connor nicht aufgeben.

Aber ich würde alles tun, worum Santa mich bitten würde, wenn es bedeutete, Connor zu beschützen.

Connor

Mein Herz raste, als wir den Ballsaal betraten. Der Weihnachtsmann wartete auf uns und trug seine menschliche Tarnung, den Sternen sei Dank. Verschwunden waren die spitzen Ohren und die rasiermesserscharfen Zähne. Obwohl er weder dick noch besonders fröhlich war, wirkte er auch nicht mehr so bedrohlich.

»Wow«, flüsterte Crystal zu Sam. »Der Weihnachtsmann ist heiß!«

Sam brachte sie zum Schweigen. Ich zuckte zusammen. Verstand Crystal nicht, in welch ernster Lage wir uns befanden? Aber wahrscheinlich konnte sie das nicht. Immerhin wusste sie erst seit heute Morgen, dass der Weihnachtsmann echt war.

»Hallo zusammen«, begrüßte uns der Weihnachtsmann und öffnete seine Arme. Es war wie eine Umarmung; ich fühlte mich sofort besser.

Das war das Besondere am Weihnachtsmann. Wie konnte jemand, der unermüdlich daran arbeitete, Hoffnung in die Welt zu bringen, jemand sein, vor dem man Angst hatte? Ich vertraute darauf, dass er hier die richtigen Entscheidungen treffen würde.

Auch wenn ich besorgt war, was das Richtige sein könnte. Er würde uns nicht im Stich lassen.

»Hallo«, murmelten verschiedene Mitglieder von Kaylas Familie.

Crystal stemmte die Hände in die Hüften. »Und wo ist Frau Weihnachtsmann? Und warum hat sie keinen Namen?«

Kayla stöhnte und schloss die Augen.

Aber der Weihnachtsmann lachte nur über Crystals Dreistigkeit. »Meine Frau ist mit ihrer Arbeit beschäftigt«, erklärte er ihr. »Und sie hat einen Namen. Sie hat viele Namen. Du kennst sie wahrscheinlich als Ostern oder Mutter Erde.«

Crystals Kinnlade klappte herunter. Sie schien nicht zu wissen, was sie darauf antworten sollte.

Der Weihnachtsmann lächelte sie freundlich an und wandte sich dann an Kayla. »Also, was scheint das Problem zu sein?«

»Na ja...«, Kayla holte tief Luft.

Sie erzählte dem Weihnachtsmann alles. Sie geriet ein paarmal ins Stocken, aber der Weihnachtsmann hörte geduldig zu. Er nickte und lobte ihre schnelle Reaktion, mich anzurufen, als sie bemerkte, dass der Eid nicht funktioniert hatte.

Als sie fertig war, klopfte er ihr auf die Schulter. »Du hast alles richtig gemacht, Kayla. Danke.«

Sie nickte und seufzte erleichtert.

»Was den Rest von euch betrifft«, sagte der Weihnachtsmann, als er sich zu ihrer Familie umdrehte, »werde ich euch eine Wahl lassen. Ihr könnt entweder selbst den Eid ablegen und euch an alles erinnern oder einen Trank nehmen, der euch vergessen lässt. Es wird euch wie ein angenehmer Traum erscheinen, an den ihr euch nicht ganz erinnern könnt.«

Ich richtete mich auf.

»Wir dürfen wählen?«, fragte Kaylas Mutter.

Der Weihnachtsmann lachte. »Natürlich! Der Eid versagt nie.«

Mein Kiefer hing schlaff herunter. »Was?«

Die Augen des Weihnachtsmanns funkelten schelmisch. »Weißt du, während ich gestern Abend mit Kayla tanzte, habe ich den Eid rückgängig gemacht. Es war ziemlich hinterhältig von mir, das gebe ich zu. Aber die Art, wie sie über ihre Familie sprach, ließ mich erkennen, wie sehr sie sie liebte. Und ich kann die Liebe, die ihr beide teilt, deutlich sehen.«

Er lächelte uns herzlich an.

Kayla und ich wurden beide rot, aber ich grinste, erfreut.

»Es erschien mir unglaublich egoistisch, Kayla zu bitten, ihre Familie anzulügen«, sagte der Weihnachtsmann.

»Darüber habe ich mir Sorgen gemacht«, gab Kayla zu.

»Es ist beschwerlich zu wissen, dass es einen Teil deines Lebens gibt, den du nicht mit den Menschen teilen kannst, die du liebst«, sagte der Weihnachtsmann. »Deshalb habt ihr jetzt alle eine Wahl.«

Crystal jubelte und warf die Hände in die Luft. »Ich nehme den Eid! Ich bin Anwältin; ich kann gut Geheimnisse bewahren!«

Alle lachten. Die engsten Familienmitglieder von Kayla stimmten begeistert zu, den Eid abzulegen, während einige ihrer Tanten und Onkel um den Vergessenstrank baten.

Der Weihnachtsmann schnippte mit den Fingern, und zwei Tabletts erschienen auf einem nahegelegenen Tisch.

»Der rote Trank ist der Vergessenstrank«, sagte der Weihnachtsmann und zeigte auf den Kamin, durch den wir gekommen waren. »Nehmt ihn mit und wartet, bis ihr kurz vor dem Einsteigen in euer Auto seid, um ihn zu trinken.«

Die Tanten und Onkel verabschiedeten sich und gingen mit ihren Tränken.

Der Rest von Kaylas Familie griff nach den grünen Fläschchen. Der Weihnachtsmann führte uns zu einem neuen Kamin. Seine Augen funkelten, als er seine Hand auf den Kaminsims legte.

»Dies wird euer Tor sein, um zum Nordpol zu gelangen und zurückzukehren«, erklärte er ihnen. »Ihr seid jederzeit willkommen, vorbeizuschauen. Wir rekrutieren das ganze Jahr über neue Helfer.«

Er zwinkerte, und alle lachten.

»Was dich betrifft«, sagte er und schaute mich an.

Ich schluckte.

Er lächelte. »Du hast gut gewählt, Connor. Kayla ist definitiv ein Schatz.«

Erleichterung durchströmte mich. Kayla und ich drehten uns zueinander. Wir grinsten beide wie Idioten. Es war mir egal, dass alle zusahen. Ich musste sie küssen; es war der beste Tag meines Lebens.

Ende.

Hat dir »Holiday Shifters« gefallen?

Bitte hinterlasse eine Bewertung auf Goodreads, Bookbub oder deinem bevorzugten Händler. Bewertungen helfen mir, neue Leser zu erreichen.

Lies »**Freshman Frost**«, das nächste Buch in der »**North Pole University**«-Reihe.

Hast du » *The Evers Series*«, die »*Blood Magick Trilogy*« oder »*Defenders of the Realm*« gelesen?

Über die Autorin

Positive, aufbauende Bücher und Geschichten.
Marie-Helene Lebeault lebt in Quebec, Kanada und ist Mutter von zwei jungen Erwachsenen. Als pensionierte Lehrerin verbringt sie ihre Tage nun damit, zu schreiben, akademische Handbücher zu übersetzen und ihre Stimme für Unternehmensschulungsvideos zu leihen. Sie liest gerne, wandert und geht an den Strand. Außerdem ist sie ein begeisterter Achterbahn-Fan und hat es sich zur Aufgabe gemacht, mit ihrer Tochter alle Six Flags Freizeitparks zu besuchen. Jedes Jahr unternimmt sie eine dreiwöchige Solo-Reise in einen neuen Teil der Welt.

www.mhlebeault.com
Folge ihr in den sozialen Medien, sie würde sich freuen, von dir zu hören!

facebook.com/mhlebeaultauthor

x.com/mhlebeault

instagram.com/mhlebeault

amazon.com/author/mhlebeault

bookbub.com/authors/marie-helene-lebeault

goodreads.com/mhlebeault

linkedin.com/in/mhlebeault

tiktok.com/@mhlebeaultauthor

Bücher von die Autorin

Die Schlacht der Aufblühenden Flamme (Gratis)

Standalones

Die zwölf Leben der Clare

Utopia

<u>Auf Englisch</u>

Legends Reborn (Fairytale Retellings)

A Curse of Snow and Ash

A Curse of Thorns and Slumber

A Curse of Glass and Shadows

A Curse of Iron and Roses

A Curse of Briars and Hearts

The Chronicles of the Starborne Cadets

Stars Beyond Realms

Shadows of Orion

Echoes of the Void

The Nebula's Heart

The Starborne Paradox

Defenders of the Realm

A Journey to Power

The Quest for the Emerald Rattleback

A Summer of Discovery

The Quest for the Sacred Tree

A Summer of Opposites

The Quest for the Phantom Feather

A Summer of Courage

The Quest for the Kraken's Ink

A Summer of Destiny

The Quest for the Cursed Mirrors

A Summer of Unity

Defenders of the Realm - Special Edition Hardcover Set

The Evers Series

The Ancestors' Key

The Academy

The Time Walker

The World Jumper

5th Anniversary Edition Omnibus

The Traveler's Handbook

The Lost Key

Blood Magick Trilogy

The Blood Mage

Blood Magick

Blood Legacy

Extended Edition Omnibus

Standalones

Clarity Castle

What Happens Next?

Ghost Stories

Holiday Shifters

Echoes of Tomorrow

Utopia

Picture Books

Fairy Grandmother: Millie Goes to Antarctica

Fairy Grandmother: Millie Goes to the North Pole

Fairy Grandmother: Millie Goes to China

Fairy Grandmother: Millie Goes to Africa

(Also available in French, Spanish, German, and Italian)

www.ingramcontent.com/pod-product-compliance
Lightning Source LLC
Chambersburg PA
CBHW050824180626
46814CB00004B/1450